遠足はたまごサンド

星空病院 キッチン花

渡辺淳子

角川春樹事務所

序章

「いつもながらこの作業は、『忍』のひと文字につきる」

蛍光灯に禿頭を鈍く光らせたシェフは、菜箸を注意深く使いながら愚痴り出す。フライパンからこぼれそうな大量のオニオンスライスは、まだまだ白い。

「こうしていると、眠くなってくる。第二介助でオペに入ったときのようだ」

「手が変わると、味も変わるとおっしゃったのは先生ですよ」

往生際の悪いシェフに、アシスタントがピシリと返した。日ごろの仕返しも兼ねたような口調である。

「……最初にレンジでチンすると、時間短縮を図れるらしいな」

「電子レンジは本物を追求する者が使うものではないと、先生はおっしゃいましたが」

そこでシェフはアシスタントに期待するのはあきらめ、エプロンの下の白衣のポケットをまさぐり、院内PHSを取り出した。慣れた手つきで、短縮ダイヤルをピポパと押す。

「やあ、私だ。すまんが、今すぐ厨房に来てくれないか」

漏れ聞こえる相手の女声は、拒否的反応を示しているようだ。けれどしつこい哀願ののち、シェフが誇らしげに電話を終えたところを見ると、一応相手は承諾したらしい。

アシスタントは自分の仕事に集中する。大きめに角切りしたマグロの赤身を漬けだれの中に沈め、キッチンタイマーを五分にセットする。短時間だが、季節も季節だ。一応冷蔵庫に、その容器を納めた。

と、圧力鍋（あつりょくなべ）の調圧弁が、内部の圧力が十分に上昇したことをおしえた。アシスタントはコンロの火を極めて弱くし、別のタイマーを三分でスタートさせる。

「マグロはまだ早いんじゃないか？」

ほどなく先のタイマーが鳴ると、シェフはぶっきらぼうに言った。なかなか女性がやって来ないので、イラだっているようだ。

「いいえ。漬け過ぎると、みずみずしさが損なわれますから」

シェフの様子は意に介さず、アシスタントはマグロを漬けだれから引き上げる。そして熟れて食べごろのアボカドの皮をむき、包丁のあごで大きな種を外す。

「種は捨てないように」

菜箸を絶え間なく動かすシェフは、八つ当たり的にアシスタントに命じる。アボカドの種を発芽させろという意味だ。

「もう三本もあるから、よろしいではありませんか」

「いいや。実がなるまで、がんばってくれたまえ」

「鉢植えでは難しいのではと思います」

発芽したアボカドを土に植え替えるとぐんぐん育ち、いい観葉植物となる。しかし花を咲かせ、実をつけるに至るまでは、このマメなアシスタントをもってしても、いまだ成功したことがない。

「何度もチャレンジすることが大切だ」

自分はなんにもしないくせに。アシスタントは閉口しながら、カットしたアボカドにレモン汁をふりかけ、別のボウルにマヨネーズとわさび、そして濃口醤油（こいくちしょうゆ）を少したらして混ぜ合わせた。圧力鍋の火を止め、黙って取り皿やテーブルスプーンをトレイに準備する。

「……しっかし、遅いな。一体なにをやっとるんだ。あのばあさんは」

意地になったように、しかし決して焦がさぬように、シェフは背を丸めて菜箸を動かしている。

しばらくかまってやるものかと、アシスタントはテーブルセッティングを装い、客席のある部屋へと向かった。

朝から音もなく降っていた雨は、いつの間にか本降りになっている。

アシスタントが厨房に戻ると、フライパンの中から甘い香りが立ち上っていた。

あれほど嵩（かさ）高かったオニオンスライスは、小一時間の間に粘り気を帯び、ほんのひと握りほどの量になった。しかしここで手を緩めてはいけない。玉ねぎの甘みとコクを最大限に引き出すには、さらに十五分、炒めなければいけない。シェフの気持ちは、にわかに引き締まった。

「……あーあ、まいった、まいった。床にあちこち水たまりができるもんだから、拭いてくれ、拭いてくれって、電話がひっきりなしにかかってきちゃって」

言いわけのようなひとり言を口にしながら、ようやく女性が厨房にやって来た。

「あの傘袋、薄くてすぐに穴が開くから、よくないのよねぇ」

三角巾の隙間からのぞく、短髪女性の刈り上げ部分は、霜柱のように伸びていた根元の白髪が消え、美しい茶色に染まっている。どうやら昨日の退勤後に、美容院へ行ったようだ。

「で、なにを手伝えばいいの?」

「もういいよ」

つっけんどんにシェフは応え、飴色になりつつある玉ねぎをより分けるように、丁寧に菜箸で混ぜている。ここまでくれば、こっちのもの。以降は腕の鳴る工程に入るとばかりに、シェフの背筋はすっかり伸びた。

アシスタントは密かに口角を上げ、アボカドとマグロを、わさびマヨネーズのボウルに投入した。女性は拍子抜けしたように、肩をそびやかしている。

シェフが飴色玉ねぎのフライパンにブイヨンを注ぎ、塩・胡椒で味を調えると、鉄板の上に並んだ三つのスープ用カップに等分に注ぎ入れた。あらかじめトーストしてあった輪切りのフランスパンを、アシスタントがその上に浮かべる。シェフが手早くグリュイエールチーズをおろしかける。アシスタントが鉄板を持ち上げ、しずしずと予熱済みのオーブンまで運ぶ。

「ピラフを頼む」

やることがないので、客室へ向かおうとした女性に、シェフが待ったをかけた。「もういいよ」と言ったくせに、なにもさせないのは悔しいらしい。

女性はしぶしぶ圧力鍋に近づいた。レバーを引きながら、重いふたを力いっぱいにねじる。緩んだふたをパカッと開けると、バターの香りと白い湯気が盛大に上がった。

「……うーん、いいにおい。今日はエビとマッシュルームね」

オーブンのそばで焼き加減を見張るシェフにニヤリとし、女性は炊き立てピラフを白い深皿に盛りつけた。根気のいる単調な作業への慰労に、シェフの分にはおこげを多く入れ、茹でたグリーンピースを見栄えよくトッピングする。

オーブン加熱はすぐに終わり、エビピラフとオニオングラタンスープ、そしてマグロとアボカドのサラダが完成した。

三人は手分けして、料理を廊下の向かいの客室へと運んだ。

「おいしい。オニオングラタンスープはこうでなくっちゃね」

焼き色のついたチーズの香りといい、玉ねぎの甘みといい、フランスパンに浸みたスープのうまみといい、申し分のないオニオングラタンスープに女性が相好を崩した。

「そうだろうとも。私が七十五分間玉ねぎの世話をし、ブイヨンも一からこしらえたのだからな」

サボろうとしていたことも忘れ、シェフはご満悦である。

「あら、ひと味違うと思ったら、そっちも手作りしたの？」

「うむ。ちょうどオッソブーコを作るのに必要だったのだ」

「オッソブーコ！　勝手回診中に、すごいごちそうをリクエストする人がいたもんね」

「勝手などと、人聞きの悪いことを言わんでほしいな」

名誉院長たるシェフは、さしたる理由もないのに院内をうろつき、病院スタッフに「自分勝手な徘徊」と揶揄されていることを知らないのか。はたまた、迷惑がられていることは承知の上で、ひとり強硬な回診を続けているのだろうか。

「それにしてもこのおいしさにありつくのに、かなりの手間と時間を要するのは、なんとかならないかと思ってしまうわね」

女性のつぶやきは、あらためてシェフをねぎらう意味もありそうだ。

「スーパーには炒め玉ねぎのパックが売っていますから、それを使うのもひとつの手です」

「そうね。インスタントのブイヨンもあるしね」

「インスタントは、しょせんインスタントだ」

シェフが不服そうに、口をはさんだ。

「最近あらゆる世界にはびこっている、インスタント指向は考えものだぞ。手間を省き、時間短縮を是とし、本当の手仕事で作られたものが失われつつある。そのくせみんな、長生きだけはしたがって」

「まーた、始まった」

なんぞいうと懐古主義的愚痴をこぼしたがるシェフに、女性があきれた声を出す。

「胃ガンのオペでも、今では自動吻合器（ふんごうき）でガシャ、ガシャ、ガシャンが当たり前になってしまった。腸と腸を手縫いでつなぐのは時間がかかるが、リークは皆無だ」

別に自動吻合器を使った手術も、リークが多いわけではない。現に女性の夫も息子も、問題は起きていない。しかしふたりは、例の話が始まりそうだと察知し、黙々とスプーンを動かしている。

「私はすべて私自身の手で、あれを治してやりたかった。だからあれの内臓は、全部私ひとりで、丁寧に縫ってやったのだ」

自称「手術と料理だけが取り柄」のシェフは、やはり妻の手術を執刀したときのことを口にした。目が少し潤んで見えるのは、わさびマヨネーズのせいばかりではないだろう。

「奥さまのお身体は、完璧に治っておられました」

「内臓の方は問題ないと、おっしゃってたわ」

アシスタントと女性はやさしく慰め、ピラフを口へ運んだ。シェフの心の傷が癒えるには、まだまだ長い時間が必要のようだ。

「おい、私の分には、おこげが少ないんじゃないか？」

感傷に浸ったのもつかの間、急にピラフの白い皿を掲げ、シェフが苦言を呈した。彼は自己の損得に関わる事柄を、決して見逃さないのだ。

「なに言ってるの。一番多く入れてあげたっていうのに」

「そうですよ。先生の方にばかり入って、こっちにはほとんどありませんから」

「……そうかい？　……ったく、おかしいなあ」

シェフは口ごもりながら、ピラフをパクリとやった。プリッとしたエビと堅めのグリーンピースが、ほんのり焦げたバターライスとマッチしている。

「おや、雨が小降りになったぞ」

話を逸らすように、シェフが窓の外に目をやった。

「あら、ほんと。紫陽花があんなに水をはじいて。美しいったらありゃしない」

ごまかされてやった女性は、屋上に置かれた鉢植えの青と紫に目を細める。アシスタントが無言で、はんの少し胸を張る。

雨はしとしとと降り続いている。

客室の隅では、三本の爪楊枝（つまようじ）に支えられたアボカドの種が、ガラスコップの水にその身を半分浸されている。

遠足はたまごサンド

星空病院　キッチン花

目次

第一話

遠足は卵サンド

「ボク、エビフライ&オムライスのちびっこプレート！」

ラミネート加工されたメニューをうれしそうに指す聖也に、桜はわざと目を丸くする。

ファミレスに来るたびしている、お決まりのしぐさだ。

先天性僧帽弁閉鎖不全症で生まれた聖也は、赤ちゃんのときから病院に出入りしている。

では病院はもう慣れっこかというとそうでもなく、受診や検査の前は必ず抵抗感を示す。

だから診察帰りにここでランチを食べるのは、そのごほうびなのだ。

「またそれぇ？　たまには違うもの、頼んだらぁ？」

あきれながら、桜はテーブルの呼び出しボタンを押した。間もなくやって来たホール係に、聖也の料理と和風ハンバーグのサラダセットを注文し終えると、「またそれぇ？　たまには違うもの、頼んだらぁ？」と、息子は母の口真似で茶化した。毎度毎度、同じ茶番劇を繰り返すのは、なにも変わっていないと、母子ともに確認したいからかもしれない。

「だってさあ、好きなんだもーん」

唇を尖らせ、桜はひとりでドリンクバーへと立った。そしてグラス一杯のオレンジジュースを手にテーブルに戻ると、窓の外を見ている息子にたずねた。

「今日は干してある？」

「うん。干してある」

「ほんとだ。今日はバスタオルだね」

　自宅のもより、大泉学園駅近くの小さなファミレスだ。来ればなぜだか、北側の窓際のテーブルに案内される。その窓から見えるマンションの三階のベランダには、ドラえもんのプリントされたTシャツやタオル、トレーナーなど、いずれかが必ず干してある。

「あそこに住んでる子、ほんと、ドラえもん好きだね」

　差し出されたオレンジジュースを、ゴクゴクと三分の一くらい飲んだ聖也は、そっと桜の方へグラスを戻し、おしぼりで口を拭った。聖也の上下の前歯は永久歯に生え変わったので、顔に比べてやけに大きい。面立ちはさらに、父親に似てきた。

　桜はそのオレンジジュースをひと口飲み、ニッと笑った。しかし小学二年の聖也は「まだ愛想笑いは覚えていません」とばかりに、真顔でコロコロコミックを開く。

　やがて運ばれてきたフライドポテトと小ぶりのオムライス、細長いエビフライ、そして申しわけ程度のブロッコリーが添えられたちびっこプレートの上に、桜は自分の皿からプチトマトふたつとハンバーグの三分の一ほどを切り取り、載せてやった。

「いっただきまーす」

目を輝かせ、聖也はオムライスにかぶりつく。今日はいつもより病院を出るのが遅くなったので、お腹が減っているのだろう。

桜は再び立ち上がり、ドリンクバーでジンジャーエールをグラスに注いで、席に戻った。サラダセットについているドリンクバーはひとり分だ。聖也の分も別注文すればいいのだが、三百九十円はちと痛い。店員にバレないよう、ジュースを取るタイミングをずらすなんて、セコいにもほどがある。でも、もしかしたら母子家庭になるかもしれないのに、贅沢はできない。パート仕事を始めたのも、将来を考えてのことだ。

「おいしい？」

「うん」

聖也は食欲旺盛だ。食卓での様子を見る限り、心臓が悪いなんて信じられない。

「聖也。明後日の検査のあとも、カバ先生、会いに来てって」

外来でそう告げられたとき、聖也はマンガ雑誌で顔を隠して、返事をしなかった。第一次反抗期はとっくに終わったのに、ときどきふてくされた態度をとるのだ。

「ねえ、聞いてる？」

桜を無視し、聖也はむしゃむしゃとポテトをほおばっている。

「ねえ、聖也」

「なーにー、食べてるのにー」

あからさまな態度に、桜はちょっとムッとした。

「これからは体育の時間、しんどくならないうちに、走るのやめるのよ」

「えーっ」

案の定、息子は唇を尖らせた。しかし母が真面目な口調になったので、そろそろマズいと感じたようだ。それ以上は口ごたえしない。

「あのね、走ってもいいけど、最後まで力いっぱい走っちゃダメってこと。もちろんみんなと一緒におしゃべりしたり、食べたり、勉強するのはいいのよ。でも体育と休憩時間と登校と下校のときは、あんまり走らないで」

「ちぇ。カバ先生、変なことばっか言う」

面白くなさそうに、聖也はハンバーグをフォークで突き刺した。生まれたときから聖也を診てくれている佐井先生はサイでなく、顔がカバに似ている。

「カバ先生は、ちゃんと聖也の身体を考えて言ってくれるんだよ。それにさ、聖也、かけっこのとき、途中で胸が苦しくなることあるでしょ？」

「ぜーんぜん、ない」

本当なのかどうかはわからない。しかし遊びでかけているとき、一番速い子について行けなくて、走りをやめたのを桜は何度か目撃した。足の速い遅いは個人差があるので、苦しくて歩き出したのかどうかは、判断できなかったけれど。

「できる？」

「んー、わかんない」

「……ごめんね」

それ以上言い含めるのをやめ、桜は冗談めかせて謝った。素直にハイと言わなくとも、聖也は理解して行動できる子だ。

「なーにーがー？」

聖也はちょっと偉そうに、問い返してきた。形勢逆転を察知したのだ。

「ママが聖也をこんな身体に産んじゃったこと」

「そうだよ。ママがお腹の中で、ボクの心臓をカンペキに作っといてくれたらよかったのにさー」

聖也の非難は桜の心をヒリつかせる。もっと自分をなじってほしくなるのだ。しかし同時に、リストカッターのように安心も覚える。

「だから、ごめんなさいって言ってるじゃなーい」

「ごめんが足りない」

「足りない？　何回言えばいいの？」

「んー、百回」

「ごめん、ごめん、ごめん、ごめん、ごめん……」

繰り返し口にしながら、顔を聖也に近づけてゆく。聖也は両手で、母の頭をブロックする。桜は負けじとその手を巧みに避け、息子の肩に頭を押しつける。最後はふたりで大笑いだ。

この時間がいつまでも続きますように。ささやかな願いとともに、桜はハンバーグを口へ運ぶ。これ以上聖也の心機能が悪くなると、手術になる。手術は絶対に嫌だ。どんな不測の事態が起こるかわからない。

店を出ると、かさをかぶった太陽が、六月の空にぼんやりとしていた。ムシムシした空気が身体にまとわりつく。早く梅雨が明ければいいのに。

ガラス板に囲まれた駅前の喫煙コーナーで、紫煙をくゆらせる人々が見えた。そのあたりだけ薄く煙っている。不快なにおいがここまで漂ってくる。桜は思わず聖也の肩を抱き、そそくさとその場を離れた。

翌日のパート仕事の昼休み。回転寿司屋の裏口で、桜は夫の義幸にスマホで電話をかけた。義幸は都内の通信システム会社に勤務している。

「もしもし。私」

「……ちょっと待って」

どこか賑やかなところにいるらしく、十秒くらい待たされた。朝からしとしとと降る雨水が、屋根から外れたコンクリート床にきれいに浸みている。

「ごめんね。忙しいなら、かけ直そうか？」

「大丈夫」

夫を気遣うことにも、だいぶ慣れてきた。

「聖也のことなんだけどさ」

あらかたは昨日のうちにＬＩＮＥで報告していたが、桜は会話がしたかった。

「心臓、ちょっと悪くなってるみたいなんだよね」

義幸が身構えたことが、電話越しに伝わってくる。

「心雑音がちょっと大きくなって、薬も増えたって書いたじゃん？　昨日はレントゲンとか心電図やったんだけど、明日ドップラーと超音波なのね。ほんとは昨日やってほしかったけど、ちょうど超音波のうまい技師さんが休みだったから、明日になっちゃったの。あれだね。同じ技師さんでも、この検査はうまい、この検査はヘタってのがあんだね。それでカバ先生、密かに技師さんを選んでるんだよ。私、びっくりしちゃった」

義幸は相槌も打ってくれない。だから自然と、まくしたてるようになってしまう。

「中等度の運動って、どれくらい？　まだ体育はしてもいいんだろ？」

「それは大丈夫。ちゃんと検査結果がそろってから、管理指導表は書き直してもらうけど。

全力疾走するなってくらい。まだ二年生だから、授業でそんなに大したことしないだろうけどね。でも遊びで騒いでるときの方が、夢中になって運動量セーブできないことが多いって、また同じこと言われた」

義幸は「うーん」とうなり、黙ってしまった。やはり手術を受けた方がいいと考えているのだろう。しかし桜は、成長とともに心臓がうまく機能する方に期待している。

「でもさ、それもしょうがないよね」

努めて明るく桜は言った。

「だってさ、そういう風に生まれちゃったんだもん。本人のせいじゃないし、もちろん私やあなたのせいでもない。誰のせいでもない。ね、そうでしょ？」

「そうだよ。その通りだ」

こういうことを言うから、「お前は不安定だ」と言われるのだ。しかしわかっていても、止められない。

「でっしょうー？　だからさ、義幸ももうちょっとイイ感じのこと言ってよー」

「いい感じって？」

「だからあ、『よし、一緒にがんばろう』とか、『気持ちで負けないようにしよう』とか」

「一緒にって、誰と一緒にがんばろうって意味？」

「もちろん……もちろん、聖也とよ」

「それは今晩、聖也に直接言うよ」

急に冷水を引っかけられたような衝撃が背筋に走った。

あなたは夫として、妻を支えようという気はないのか。聖也はもちろん、私も大いに不安なのだ。母親にとって子供は分身のようなもの。なのにあなたは――。

言いたいことは山ほどあったが、桜はグッと飲みこんだ。代わりに裏口の灰色のドアに小さくキックを繰り返し、気をまぎらわす。

「そだね。そりゃそうだ。わかった。うん。じゃ、そういうことだから」

桜が返すと、ひと呼吸おいて、やさしい声が返ってきた。

「ありがとう。学校のことや病院のこと、全部やってもらって感謝してる」

「……自分の子供だもん。あたり前じゃん」

桜は自らを励ますように言い、電話を終えた。

ため息しか出ない。私たちはどうして、直接顔を見て話さないのだろう。

こんな夫婦になるなんて、結婚したころは思ってもみなかった。

義幸との出会いは、大学時代のアルバイトだった。埼玉県郊外のショッピングセンター、スナックコーナーのお好み焼き店だ。義幸は自宅からほど近いその店で、汗水たらしてお好み焼きを焼いていた。

落ち着きのある義幸を、最初はずっと年上だと思っていた。実はひとつ上の大学生、しかも結構偏差値の高い大学に通っていると知ったときは驚いた。県内の大したことない私大生だった桜は、「なんで家庭教師とかしないの？」と、思わずたずねた。しかし義幸は意に介さず、「ここの豚玉が好きだったから」と、すまして応えてくれた。

小学生のころから家族でその店を愛用していた桜は、うれしくなった。自分もそうだと盛り上がり、男子バイトの中で一番話すようになった。大学卒業とともに義幸がバイトを辞めたときは、淋しく思ったものだった。

再会したのは、桜が二十六歳のときだ。都内の百貨店のテナントでアクセサリーを売っていた桜の前を、義幸が偶然通りかかったのである。

小さな輸入雑貨の会社で働いていた桜は、義幸の変わらなさにびっくりした。義幸は義幸で、桜の見た目がおとなしくなったことを、意外に感じたようだった。

立ち話で近況を伝え合ったあと連絡先を交換し、ときどき会っているうちに、本気になった。二年の交際を経て結婚。そして聖也が生まれた。

聖也は先天性の心臓の病気を持っていた。「程度は軽いので、治療をせずに一生を終えることもあり得る」と言われたが、桜は自分を責めた。社会人になってからは、夜遊びも飲酒もほどほどにしていたのに、煙草だけは止められなかったからだ。

妊娠中の桜の前で、義幸は決して煙草を吸わなかったし、医者にも原因不明だと説明された。しかし桜は、自分が出産する前日まで隠れて吸い続けたからだと思った。

聖也が生まれて、義幸はすぐに禁煙した。卒煙した時期は、桜よりも早かった。

心臓に小さな爆弾を抱えた聖也は、よく風邪を引いた。高熱で何度もけいれんを起こし、救急車の世話になったこともある。大したものは食べさせていないのに、吐いたり、下すことも多かった。嘔吐や下痢は心臓に悪影響を及ぼす脱水を引き起こしかねない。寝ずに看病したこともしばしばだった。

それでもなんとか体重は増え、聖也は幼稚園に入園した。元気が過ぎて、軽い心不全を起こし、一度入院する羽目にもなった。退院と同時に内服薬が始まると、桜は幼稚園の片隅で、毎日息子を見守った。調子よく一日を終えられた日は、夫への報告が楽しみで仕方がなかった。小学校の入学式は夫婦そろって出席した。ランドセルに背負われているようなうしろ姿に、「神さまは本当にいるんだね」とささやき合った。

自分たち夫婦は同じ方向を見ている。桜はそう信じていた。夫も聖也を第一に考えていると思っていた。

けれど義幸の目は、いつの間にか違う方を向いていたらしい。「俺の人生は俺のものだ」と冷ややかに言われたとき、桜は耳を疑った。

考えてみれば、聖也が入院したころから口論が増えていた。夫は聖也の病を、本当の意味で受け入れることができていないのでは。そう思った。

そのうち義幸は、桜と直接会話するのを避けるようになった。帰宅が遅いこともあるが、平日は桜と一緒に食事を取らない。休日は三人で食卓を囲むが、聖也を介して会話する。直接話すと、必ずけんかになる。子供に両親の諍いを見せるのはよくない。次第に必要事項を、電話やメールで伝えるようになった。

「外来終わったら、ファミレス行く？」

ふいに聖也がたずねてきた。背つき椅子に腰かけ、ドラえもんの単行本から目を離さず、足をぶらぶらさせている。朝の九時前。超音波検査室の待合室では、高齢者ばかりがずらりと順番を待っている。

「今日は無理。終わったら、学校へ行かなきゃ。体育も給食もあるでしょ」

「お休みしちゃダメ？」

「ダメー。ママ、お仕事に行かないといけないもん」

本当は十一時から勤務なのだが、無理を言って十二時にしてもらったのだ。

「ほら、学校行かないと、哲ちゃんに会えないよ」

「……ちぇ。また『休憩ー』って言われちゃう」

一昨日の外来のあと、桜は速攻で担任の道野先生に電話をした。道野は一年生からの持ち上がりで、聖也のことをよく知っており、聖也も道野を慕っている。口頭で「強い運動」から「中等度の運動」へと、運動強度が変更されたと伝えたところ、昨日の体育で過剰に気を遣われたらしい。スキップしながら鬼ごっこ的なことをやったようだが、「はい、寺田(てらだ)さんは一回休憩ー」と、何度もストップが入ったという。「とはいえ、あまり特別扱いしないで」とつけ足したのに、教師になって二年目の道野は、まださりげない配慮ができないのだろう。去年よりしっかりしたなと感じていたが、やはりまだまだなのだ。

「今日行ったら、ちょっとやり過ぎーって、先生に言っとくからさ」

来週は学年主任や養護教員、校長も交え、あらためて説明することになっている。あの養護教員はイマイチだったが、学年主任は頼もしい人だ。主任に道野の指導を、こっそりお願いしてもいいかもしれない。

「番号札、2番の方。――おはようございます。お名前おしえてくれるかな?」

妙に恰幅(かっぷく)のいい中年男性に呼ばれ、検査室の前まで歩いて行った。桜に背中を押され、聖也は名乗る。この人が腕のいい検査技師か。

「もう大きいから、ひとりで来れるかな?」

「聖也。ほら、にゅるにゅるの検査だけだから、ひとりで行ってきな」

超音波検査は何度も受けている。しかし聖也は身体をくねらせ、じとっとした目で桜を見つめる。

「ん? やっぱり、ひとりじゃ嫌かい?」

もう八歳だ。そろそろしっかりしてもらわないと、困るのだけれど。

「じゃあ、お母さんにも検査室に入ってもらおうか」

「……ん、もう。甘えん坊なんだから」

暗に促され、仕方なく桜は一緒に検査室に入った。薄暗い小部屋に簡素なベッドと、大きな超音波診断装置が置かれている。素直に上半身裸になり、仰向けになった聖也だったが、すぐに桜の方へと手を出してきた。

「はっはっは。お母さんに手をつないでてほしいのかい？」

「やだもう、赤ちゃんみたい。ママ、ここにいるでしょ。痛い検査じゃないんだから、がんばんなさい」

樹脂製の機器にゼリーを塗りながら、検査技師に笑われる。友だちの前ではカッコつけることも多いのに、やはりまだまだ子供なのだ。こんな子供に心臓が悪くなってるとか、将来は手術するかもなどと話すのは、不安にさせるだけだ。

「いいですよ、お母さん。お手て、つないであげてください」

王さまにかしずく従者のように、桜は診察台のそばに身をかがめ、聖也の手を握った。

検査技師の椅子のうしろで、邪魔にならないよう、上半身と腕を伸ばすのは姿勢的に結構つらい。「腕はいいかもしれないけど、もっとやせて」と思いながら、桜は汗ばんだ手を握り続ける。すべては息子のためだ。

ディスプレイに映る心臓の断面は、驚くほど忙しなく動いている。しかし桜が手をかければ、簡単に握りつぶせそうなほど薄くて小さい。今まで何度も目にしているのに、今日は息子の命のエンジンが、やけに頼りなく見える。

聖也は突然、いなくなってしまうのでは。

突然そんな不安に襲われ、桜はわが子の手を思わず握りしめた。

無事に検査を終え、外来に向かって歩いていると、聖也のおねだりが始まった。

「ファミレス、行こうよー」

「ダメ。体育やって、算数やって、給食食べないと」

「ポテトフライ、食べたい」

「じゃあ、今日の夕飯、ポテトフライ作ってあげる」

「オムライスも食べたいの！」

「あら、オムライスなら、院内食堂の日替わりメニューにあったわよ」

通りがかった清掃員に、桜と聖也はいきなり話しかけられた。

「あ、すみません。あの……」

「ねえボク。二階の食堂に行けば、オムライスが食べられるわよ」

妙にケバケバしい高齢の女性清掃員は、聖也の顔をのぞきこむように勧めてくる。

「ね、食べてきたら？」

「……給食食べるからいい」

見知らぬ大人に戸惑い、聖也は桜の手をぐいぐいと引っぱった。

「すみません。この子、ファミレスのちびっこプレートにこだわってるんで」

愛想笑いでごまかすと、やせぎすの清掃員は拍子抜けしたように肩をそびやかし、「あっそ」とひと言置いて、行ってしまった。

聖也は甘えたいだけなのだ。その甘えを受け止められるのは、母親である自分だけだ。桜だけが息子の気持ちをわかってやれる。ふたりの不安は共通のものだ。

強く手を引かれ、桜は息子に必要とされている幸せを噛(か)みしめる。息子と同じ不安を抱いていると思うと、なんとも甘美な気持ちに浸れるのだった。


「あんまりいいとは言えないなあ……」

電子カルテのディスプレイに検査結果を次々と映し、外来でカバ先生はつぶやいた。

「でも足のむくみは、取れたね。聖也君、ちょっと楽になったんじゃない？」

カバ先生は聖也の小さな素足を、大きな手でぎゅっと握った。聖也はくすぐったそうに丸椅子の上で足をバタつかせ、「でも、おしっこばっか、行っちゃうよー」と笑っている。

ひとしきり聖也とじゃれたあと、カバ先生は桜に視線を移し、「そろそろ手術を考えませんか?」と、ここからが本題とばかりに言った。

「手術はなるべくしたくないんです」

笑顔を消して、桜はきっぱりと応える。もしかしたら、よくない方の経過をたどるかもしれないと聞いてはいたし、今の説明でも十分わかったが、どうしても避けたい。こんなに小さな身体にメスを入れるなんて、想像しただけで恐ろしい。

失敗されたらどうするのか。しかも全身麻酔をかけるのだ。仮死状態になるということだ。そのまま目を覚まさなかったらどうするのか。この世にカンペキな心臓で送り出してやれなかった母親としては、できるだけ命のリスクは冒したくない。

「そうですか……。じゃ、もう少し運動制限して様子を見ますかねえ」

「はい、そうします。手術は絶対に嫌ですから」

靴をはき終えた聖也は、他人事（ひとごと）のように、丸椅子の上でくるくると回っている。

この子も手術を受けるのは怖いのだろう。現実を直視したくないから、こうやってごまかすのだ。桜には聖也の気持ちが痛いほどわかる。

「ご主人とも話し合われた方がいいのでは?　一度、外来に来ていただいて」

「いいえ。私は主人に、子供のことをいっさい任されてますので」

桜は言い切る。義幸がなんと言おうと、押し通すつもりだった。

朝食のあと、桜が手渡した小さな薬の粒を舌の上にまとめて載せ、聖也は水でコクリと飲みこんだ。直後大きく口を開け、粒が残っていないか、母親に見せつける。

聖也の内服薬が増えて、三か月余り。今のところ体調はいいようだ。脱水注意の夏も無事に乗り越えた。心雑音は変わらないようだが、不整脈が減ってきた。二学期が始まったが、多少みんなと同じように走っても、苦しくならないらしい。担任によると、自ら一回休みをしたり、のろいグループにわざと混じったりもしているようだ。道野もだいぶ的確に情報をくれるようになり、桜は少しホッとしている。

「聖也、おはよう」

「おっはよ、パパ」

土曜日のまだ八時半なのに、今日も義幸は早起きしてダイニングにやって来た。先週の土日も、仕事も用事もないようだったのに、夫はこれくらいの時間に起床していた。

最近義幸は、なるべく聖也と過ごそうとしているようだ。再び子供の調子がよくなり、気持ちが落ち着いてきたのかもしれない。相変わらず桜とは直で口を利かないが、あまり不機嫌な様子はない。

夫の変化に少し浮き立つものを感じ、桜は食器を丁寧に洗った。

「遠足はいつだっけ？」義幸が聖也にたずねた。

「十月七日！」

「そっか。鳥山公園か。楽しみだな」

「哲ちゃんと、水族館でサメを観るの。あ、ママ。お弁当はサンドイッチとおにぎりにしてね！　絶対に！　おにぎりには梅干しと昆布とおかかね」

二年一組の中でも、聖也は哲ちゃんと特に仲がいい。体の大きい哲ちゃんは、頭がよくてやさしい子だ。彼と一緒にいるおかげで、聖也はいじめられずにすんでいるのだろう。

「ご飯とパンのお弁当なんて、ちょっと変じゃない？　炭水化物ばっかり」

「いいのー。おにぎりもサンドイッチも食べたいから」

聖也の中ではピクニックや遠足のお弁当は、その二種類がセットになっているらしい。いつだったか、お花見でみんなと食べたお昼ごはんが印象深かったようだ。

「はいはい、わかりました。じゃ、それまで風邪ひかないようにしないとね」

聖也は季節の変わり目に体調を崩すことが多い。九月の今ごろは要注意だ。

「わーってる」

「暑いからって、冷たい水をガバガバ飲まないようにね」

「わーかってる」

面倒くさそうに応え、聖也はリビングルームでリュックの中にマンガ本や宿題のドリルを入れ始めた。出かける準備だ。

義幸は母子の会話に絡んではこず、息子に話しかけた。

「聖也、これから児童館に行くのか？」

「うん」

「じゃあ、パパが送って行ってやろうか」

「ほんと？　やったー！」

珍しいとまでは言わないが、義幸は普段こういう気の利かせ方をしない。自転車で児童館に送り届け、その足でパートへ行くつもりだった桜は軽く驚いた。

「パパは顔洗って着替えるから、ちょっと待っててくれる？　あとコーヒーも一杯、飲ませてくれ」

「オッケー。テレビ観て待ってようっと」

車で送ってもらえることを、聖也は素直に喜んでいる。桜も遠回りせずにすむので、余裕ができた。小さなラッキーがあるかも。今朝のテレビの星占いが当たった。

「じゃあ聖也、ママ、行ってくるね」

ゆっくりと身支度できた桜は、息子に明るく声をかけた。

「行ってらっしゃーい」

「あ、そうだ。ママ、帰りに児童館へ迎えに行った方がいい？」

「ん……」

ソファに座ってテレビを観ていた聖也は、振り向いて父親をうかがうようにした。ダイニングテーブルで新聞に目を落としてコーヒーを飲んでいた義幸は、息子に言った。

「今日は昼から、哲ちゃんとルルパークに連れて行ってやろうか。パパは一時ごろ迎えに行けるけど、それまでに宿題をすませられる？」

「ほんと？　絶対、絶対終わらせる！　哲ちゃんもきっと大丈夫！」

ルルパークは郊外の大きなショッピングパークで、それこそ車じゃないと行けない。

「ようし、じゃあパパも、それまでに用事をすませるぞー」

「やった！　やった！　ルルパーク！」

聖也はソファの上に立ち上がり、うれしそうにとび跳ねた。だが二回で跳ねるのを止め、桜の顔色をうかがってきた。

そんなちょっとはしゃいだくらいで、心臓に悪いと叱(しか)ったことはないのだけれど。

桜は二重にショックを受け、「帰りはあんまり遅くならないようにね」と、リビングルームのドアを閉めて、玄関に向かった。

夫が直接会話してくれることをつい期待した。冷却期間はもう半年以上にもなるのに、義幸はまだ、妻との関係を修復する気にならないらしい。夫婦の会話など、もう必要ないと思っているのだろうか。

もしかしたら最近の夫の変化は、離婚後に聖也を引き取ろうと考えているからではないか。聖也に「パパと暮らしたい」と言わせたいがため、ご機嫌を取っているのでは——。

疑惑が胸の中でムクムクと膨らむ。

いや、あの人が小学生の、しかも病を抱えた子供を養育できるはずがない。帰宅時間も夜の十時、十一時があたり前なのだ。午前さまだってある。予定の年休すら簡単に取れないのに、聖也の急な発熱などで困ることは、本人が一番わかっているはずだ。

不安をなんとか打ち消そうと、桜は必死に自転車をこいだ。電動のスイッチは入れたはずなのに、ペダルが重く感じられて仕方なかった。

平日のお昼前。回転寿司屋でランチの準備をしていると、ジーンズの尻(しり)ポケットのスマホが震えた。

小学校から電話だ。聖也になにかあったのか。桜はもうひとりのパートの女性に短く声をかけ、厨房横の通路を小走りし、裏口から外へ出た。

「もしもし。寺田ですが」

「すみません、担任の道野です」

「聖也がどうかしたんですか？」息せき切ってたずねた。

「聖也さん、休み時間に友だちと走ってて、息苦しくなって、動けなくなったんです」

「ええっ！」

「あの、意識はあります。いつもよりハアハアしてますけど、ちゃんとしゃべれます。でも唇の色があんまりよくなくて。保健の先生と話して、お母さんに聞いてからと……」

「救急車、呼んでください！　すぐに星空病院に運んでもらってください！」

なにを悠長なことを言っているのか。子供の命がかかっているのに、お母さんに聞いてからって、まったく寝ぼけたことを言ってくれる——。唇の色が悪いのはチアノーゼではないか。これだから若い先生は。

電話を切るや否や、桜は店内に駆けこんだ。「店長！」と叫ぶと同時に、エプロンの紐をほどき、ヘアピンで固定していた帽子もむしり取った。

看護師に案内され、小児科外来の診察室に入ると、酸素マスクをつけて診察台に座っている息子が見えた。指にも酸素飽和度を測るセンサーがくっついている。

傍らには義幸が立っていた。都心に会社のある義幸の方が早いだろうと思ったが、やはりそうだった。

「聖也」

母親に顔をのぞきこまれ、息子はちょっと恥ずかしそうにした。唇の色は普通だ。

「大丈夫？　苦しい？」

聖也は首を振り、垂らした足をブラブラさせた。つい夢中になってしまったのだろう。

最近調子がいいなと、桜同様、本人も油断していたに違いない。

「寺田さん、お疲れさまです。あの、あれから割とすぐに……」

診察室の入り口に立っていた道野は、落ち着いた口調で、桜に話しかけてきた。

「道野先生、なにしてたんですか？　聖也になにかあったら、あなたのせいだからね！」

なにが「お疲れさま」だ。他人事みたいに。桜の頭はすっかり血が上っている。

「申しわけありません……」

「おい、やめろ」

担任教師に食ってかかった桜を、義幸が止めに入る。ずいぶん久しぶりに、夫に直接かけられた言葉が、否定的な命令だなんて。笑い話にもなりゃしない。

「自制できているように見えても、しょせん子供だってお話ししましたよね？」

「はい。あの、私も気をつけていたんですけれど……」

「桜、やめなさい。道野先生はちゃんと対処してくれたんだ」

「じゃあどうして、救急車で運ばれるようなことになったのよ⁉」

義幸は桜の右腕をつかんでいる。身体に触れられたのも久しぶりだ。

青ざめる道野の横には、養護教員が怯(おび)えたように立っている。四月に赴任したばかりの頼りない女性だ。名はなんといったか。興奮しているせいか、思い出せない。

「あ、お母さん。どうもどうも」

そこへ、ひょっこりとカバ先生が現れた。

「佐井先生！」

「大丈夫ですよ。心臓がちょっとオーバーヒートを起こしたって感じですね」

「ちょっとって、どういうことですか？　ちょっとって」

混乱気味の桜を、義幸が丸椅子に誘導して座らせた。

「薬が効いてないってこと？　ずっと調子よかったのに。このままいけば大丈夫って、遠足にも行けるって、先生言ったじゃないですか」

「いやいや、そんなことは言ってません。お母さん、落ち着いてください」

カバ先生がなだめると、義幸が「ちょっと落ち着けって」とかぶせてきた。聖也はうつむき加減で酸素マスクをいじり、不安げに座っている。

「さっきお父さんにはお話ししたんですけれど、聖也君はとりあえず大丈夫です。保健の先生によると、救急車に乗る前には落ち着いていたようだし、今日は帰ろうと思えば帰れます。ただこの際、今後の治療について、ちゃんと話し合った方がいいと思うんです」

「道野先生と保健の先生には、もう学校に戻っていただこうと思う。聖也はここに残って、これから病気の話し合いに参加する。いいな？　聖也」

父親の顔を見て、聖也はこくんとうなずいた。あらかじめ言い含められていたかのような素直さだ。桜にはなかなか見せないような。

「どうもありがとうございました。のちほどご連絡いたしますので」

「いいえ、注意が行き届かず、申しわけありませんでした」

ふたりの教員にあいさつしている義幸の声を、桜はどこか遠くで聞く。どうしてそんなに冷静なのか。息子はなにがおもしろくないのか、母親を見ようともしない。

どこからか準備された椅子に義幸が腰かけ、聖也をはさんで親子三人が並ぶような形になった。桜は夫に宣言するように言った。

「私は聖也に、検査だの手術だの、怖いことを聞かせるのは反対です。まだ小さいし、理解もできない。話し合いの場にいても、ますます不安になるだけよ」

「そんなことはない。聖也はもう八歳だ。これからは自分の身体のことを正しく知って、自分で行動を決めて、生きていく訓練をしないといけない」

「正しくって、この子はまだ……」

「ママ、ひどいよ」

急に聖也が口を開いた。

「道野先生にあんなこと言わないで。ボクが死んでも、先生のせいじゃないよ」

桜は息を飲んだ。全身がカッと熱くなる。

「ボク、心臓の病気の話し合いをする」

「そうだよな。だって自分の身体のことだもんな」

義幸が聖也の頭をやさしく撫でた。カバ先生はデスクに片腕を置いて、話の成り行きを見守っている。

桜は自分がひどくみじめに思えてきた。義幸は聖也を手なずけ、着々と引きとる手はずを整えている。今まで全部全部、子供の世話を押しつけてきたくせに。

「あっそう。じゃあママはここにいない方がいいわね？　だってママの身体のことじゃないんだもん。そもそもママがカンペキな心臓にしてから、聖也を産まなかったのが悪いんだもんね。だからママは、話し合いに参加しない方がいいよね」

ふてくされたように、桜は立ち上がった。自分よりも義幸を選ぶのか。こんなに思っているのに。八つ当たりだとわかっていても、抑えられない。

義幸が口を開きかけた。そこで聖也は唇を尖らせ、言いわけするように言った。

「ママも話し合いに参加していいよ。だってママが一番、ボクの身体のことを考えてくれてるって、パパが言ったから」

急に脚の力が抜けた。桜はへなへなと、丸椅子に腰を落とす。

なんて言えばいいのだろう。言葉が出ない。

「それにさ。ママはここにいた方がいいと思うよ。だってここにいれば、ママはパパと普通に話ができるから。……ママ、ここにいて。ボクもう、伝言ゲームは飽きちゃった」

思わず目を閉じた。

私たち夫婦は、こんなにも子供にストレスをかけていたのか。こんなに心臓の悪い子に。親失格だ。穴があったら入りたい。

「ごめんな、聖也」

先に義幸が謝った。夫も同じ心境に至ったらしい。

「ごめん、本当に……」

言いながら、聖也の薄い背中をしきりに撫でている。

「ごめんは、一回でいいよ」

聖也の言葉に、桜はハッとした。

もしかしたら、聖也は自分に付き合ってくれていたのではないか。カンペキな心臓で産んでやれなかったという母の悔恨を感じ取り、何度もなじり、わざと謝られることで、自分を癒してくれていたのではないだろうか。

呆然と息子の横顔を見ていると、手を動かしながら、義幸が自分を見ているのに気がついた。この人もこの人で、聖也に負い目があるのかもしれない。

ためらいながら、桜は聖也の背中へと手を伸ばした。細い背中の上で、夫婦の指と指が重なり合う。

上へ、下へと、自分と同じ動きを繰り返す、夫の手のぬくもり。

まだ私たちは、同じ方を向けるかもしれない。

桜は夫と一緒に、左から右から、息子の背中をゆっくりと撫で続けた。

「これ、もう外していい？」

じっとされるがままでいた聖也は、急に身体をくねらせ、酸素マスクを手で浮かせた。いつまでも終わらない両親の愛撫が、そろそろうっとうしくなったらしい。

「そうだね。ちょっと、外してみようか」

カバ先生が立ち上がり、壁にかけられた酸素の栓をキュッと閉めた。それを合図に、夫婦は同時に手の動きを止める。

訪れた静けさに、桜は心の落ち着きをすっかり取り戻した。

「あーあ。サンドイッチとおにぎり、食べたかったなあ」

「昨日のうちに言ってくれれば、作ってきたのに。ママもうっかりしてたけど」

朝から聖也は、ずっと遠足のことを気にしている。この間の外来での態度とは大違い。桜とふたりきりになると、甘えてもいいと思うのか、本音を垂れ流す。

聖也が星空病院に入院して三日目。今日も安静と点滴治療だ。心臓の機能をできるだけ回復させ、僧帽弁形成術の受けられる専門病院のベッドが空くのを待っている。

このタイミングで手術を受けることは、聖也自身が決めた。冬休みや春休みも検討されたが、聖也はもうがまんできなくなったのだ。

「遠足行かない。行っても思いっきり遊べないから、手術受ける」

カバ先生に向かってきっぱりと応えた聖也に、桜も手術を受け入れる決心をしたのに。こういうことを言われると、桜が付き添って遠足に行き、それから手術でもよかったのではと思ってしまう。

「じゃあ、手術はもうちょっと先にする？」

「哲ちゃん、トランポリン、やってるかなあ」

話をはぐらかし、聖也はベッドの上で寝そべって、足をバタつかせた。わかっちゃいるけど言わずにおれない。こんなところは自分に似てしまったか。顔は父親そっくりなのに。

「晴れてたのに、急に降ってきたもんねえ。ずっと水族館にいられるわけじゃないだろうし。鳥山公園、そんなにたくさんが入れる屋根のある場所、ないよねえ」

外は雨が激しく降っている。天気予報は大はずれ。まだ正午にもならないのに薄暗く、四人部屋の蛍光灯がやけにまぶしい。

「寺田さん。ご面会の方がいらしてます。ちょっとナースステーションの前に来てくれますか？」

担当看護師の大澤（おおさわ）に声をかけられ、桜は手にしていた麻酔科のパンフレットから目を離した。大澤は聖也の車椅子を準備してくれている。

「誰ですか？」

「名前……聞いたのに、憶えられなかったんです。ごめんなさい」

からかっているのだろうか。この人は冗談を言うタイプの人ではない気がするけれど。

悪びれず、むしろうれしそうに応えた大澤を怪訝に思いながら、桜は立ち上がった。

もう点滴は終わったけれど、針が手の甲に刺さったままだ。それを守るためのシーネで重い左手を気にすることなく、聖也はさっさとベッドから降りた。

聖也の乗った車椅子を押し、廊下の角を曲がると、先の方で男の子が手を振っていた。

「哲ちゃん！」

その子が誰だか認めると、聖也は大声で叫んだ。リュックサックを背負った哲ちゃんのうしろで、大勢の子供の声がする。

それもそのはず、面会者は哲ちゃんだけではなかった。ナースステーション前のホールに、二年一組のクラスメイトがリュックサックを背負って、わらわらとたむろしていたのだ。確かにクラス全員二十九人の名前は、あの優秀そうな看護師も憶えきれまい。

「こんにちは。突然申しわけありません」

桜と聖也が進んで行くと、道野先生が子供たちの前に出てきて頭を下げた。

「……もしかして、遠足の帰りに、よってくださったんですか？」

声が震えた。聖也は哲ちゃんやほかの児童にわっと囲まれる。病人っぽいのが珍しいのだろう。桜は車椅子から離れ、道野の前へ歩みよった。

「雨も止まないし、雷も鳴ってきたので、遠足を切り上げることになったんです。ほかのクラスは学校に戻って、体育館でお弁当を食べるんですけど、うちは寺田さんのお見舞いの時間にできないかと思いまして。校長の許可が得られたので、バスの運転手さんに、急遽星空病院に行ってくれるようにお願いしたんです」

なんということだろう。胸がつまって、桜は声が出せない。長身の大澤がもの珍しそうに、小学生の群れを見下ろすように眺めている。

「すみません、本当に……。私、先生にひどいこと言ったのに……。聖也のために、ありがとうございます」

「いいえ、とんでもないです。気にしないでください。私も不注意でしたから」

道野はなじられたことなど、つゆほども気にしていない様子だ。桜は身の縮む思いで何度も頭を下げる。道野先生の方が自分より、ずっとずっと大人だ。

あの日はあれから、聖也の荷物を取りに行くのもそのまま欠席すると伝えるのも、全て義幸にやってもらい、謝れていなかったのだ。

感激する桜の脇に、小柄な男性老医師がふっと現れた。

「これはなんの騒ぎかな」

「あら、半下石先生」

大澤が微笑みながら、その医者に応じた。カバ先生よりもずっと年上のようだが、小児科の偉い先生なのだろうか。

「私の受け持ち患児さんのクラスメイトが、みんなでお見舞いに来てくれたんです」

「それはすばらしい。感心感心。しかしお見舞いというより、みんな遠足にでも行くような格好だねえ」

「あったりまえんじゃん。だって遠足だったんだもん！」

半下石という医者が目を丸くすると、哲ちゃんが大きな声で言った。その声につられたように、クラスのみんなが「だって雷が鳴ったんだもん」「遠足中止になっちゃった」「芝生でお弁当食べられなかった」「聖也さんは入院したから、遠足来れなかったんだよ」「生まれつき、心臓が悪いんだよ」等々口々に言い、大騒ぎになった。

「はいはいはいはい！　みんな、みんな、静かに！」

道野先生が慌てて制す。教員補助の二十歳(はたち)くらいの若い女子が「しーっ」と人差し指を唇に当てると、それを真似(まね)て、クラス全員がいっせいに「しーっ」とやり出した。

二年一組は相変わらず元気なクラスだ。道野先生も毎日相当体力を使わされていることだろう。

「遠足中止だと？　そりゃいけない。よし、君たち、キッチン花……いや、プラネタリウムの部屋に来たまえ。そこで弁当を食べるといい」

「プラネタリウム？」

道野先生が不思議そうにたずねると、大澤が苦笑した。意味を理解できた一部の子供たちが「プラネタリウムだってー」と目を輝かせる。

この病院にプラネタリウムなんて気の利いたものがあるとは。入院パンフレットには載っていなかったけれど。

桜が目でたずねると、大澤はしっかりとうなずいてくれた。「病棟を離れて、みんなと一緒に行って来ていいよ」のサインだ。

「聖也君は、お弁当あるの？」

しっかりものの哲ちゃんにたずねられ、聖也は残念そうに首を振った。

桜はつくづく後悔する。ちょっと味気ないけれど、売店でおにぎりとサンドイッチを買って来ようか。

「そうか。君は弁当がないのかい」

半下石先生は手を顎（あご）に当てて思案したのち、「じゃあ君には、キッチン花特製弁当を作ってやろうじゃないか」と言ってくれた。

「本当？」

聖也の顔がパッと明るくなる。キッチン花はどこにある店か知らないが、準備してもらえるなら、願ったりかなったりだ。

「先生、おにぎりとサンドイッチ弁当をお願いできますか？　卵サンドとハムサンド。おにぎりは昆布と梅干しとおかかで」

「おにぎりとサンドイッチ。むろん私がこさえるんだから、なんでもできるよ。それくらいなら、食パンとハムさえ買って来れば、あとは冷蔵庫にある食材でこと足りる」

胸をはる半下石先生に、桜は驚く。

「こさえるって、お店の人に作ってもらうんじゃないんですか?」

「キッチン花は選ばれし人のみ食べることのできる特別なレストランだ。お代は五百円以上ならいくらでも結構。そしてシェフは、この私だ」

どうしてお医者さんが、そんなことを。

目を白黒させる桜にかまわず、そのドクター兼シェフは、おもむろに院内PHSをポケットから取り出した。そして誰かをなだめすかして、買い出し命令をし終えると、一同を率いて歩き出した。

二年一組の三十人と道野先生、教員補助員、桜ら一行は、星空病院の正面玄関前にある別館三階の和室に連れて行かれた。白衣のスタッフや患者たちに温かく見守られながらの、小学生の行進だった。

「なんだか、懐かしいような部屋――」

「ほんとですね。なんて言うか――」

廊下で靴を脱ぎ、小上がりから入った二間続きの広い和室は病院施設とは思えない。

「旅館の宴会場みたい」

顔を見合わせ、桜と道野は同時にもらす。

畳敷きの広い空間は、昭和の宴会場そのものだった。高い天井を覆い隠すかのように、半球形の黒いスクリーンが吊(つ)るされ、暗幕が隅にまとめられている。部屋の中央に古い投影器が置かれているから、ここで星空を見せるのだろう。

早速子供たちはリュックを置いて、部屋の中を走り出した。隅に積み上げられていた座布団にタックルする子もいれば、補助員女子に座布団をぶつけている子もいる。車椅子から降りた聖也は、安静にしてろとばかりに、哲ちゃんに十枚重ねの座布団の上に座らされている。ここなら子供たちも、少しは遠足の続きをやれそうだ。

「大澤君も一緒に来ればいいのに。異動したばかりでわがままは言えないって、まったく……」

大澤が誘っても来なかったことに、半下石先生はブツブツ言っている。でも勤務中の看護師さんが、こんなところで油を売るようなことはできないだろう。

「まあいい。では、しばらく待っていてくれたまえ。私は急いで聖也君の弁当を作る。綿(わた)さんが帰って来たら、プラネタリウムを始めるよう言っとくから」

半下石先生はそう言い置き、踵(きびす)を返した。

エフのあとを追い、和室から出た。

「先生、私も手伝います。お弁当作り」

もう聖也を見守る必要はないだろう。いや、母親はむしろ邪魔になる。桜はドクターシエフのあとを追い、和室から出た。

四階の学校の調理室のような厨房に入った。流し台とガスコンロのついた作業台が二台、ほどよい間隔で並んでいる。ガスコンロには圧力鍋と中鍋がすでに火にかけられていた。

「あら」

「あ、あのときの」

調理している女性を見て驚いた。以前外来の廊下で話しかけられた、年配の女性清掃員だったからだ。

「やあ、木下さん。ご苦労さん。助手役、よろしく頼むよ。綿さんが買い出しから戻ったら、プラネタリウムに専念してもらわねばならないからな」

「相変わらず人使いが荒いこと。お駄賃、安くないわよ」

エプロンに腕まくりをした木下さんは、きゅうりをスライスしながら、いたずらっぽくシェフに応じた。「選ばれし人のみ」などと仰々しく説明されたが、キッチン花とは、とどのつまり、病院職員のサークルみたいなものじゃないのか。

「このお客さんも手伝ってくれるらしいから、よろしく」

「あの、寺田と申します。先日はどうも。すみません、よろしくお願いします」

「はい、よろしくぅ。大急ぎで作らなきゃいけないのは、あなたのかわいい息子さんのお弁当ね。オムライスじゃなくていいの？」

「はい。息子のリクエストが、サンドイッチとおにぎりなので」

木下さんはショッキングピンクに塗られた唇を引き伸ばし、ニッとした。あのときはちょっと変なおばさんと思ったが、案外いい人のようだ。

食材を買いに行っていたとみられる、作業服の男性が厨房に現れた。

「おお、綿さん、ご苦労さん。すぐにプラネタリウムに行ってくれたまえ。子供たちが待っているぞ」

帰って来たばかりなのに、綿さんは命じられている。ハァハァと切らした呼吸を整え、先生を軽くにらんでいる。

一触即発の気配……。しかし彼はひと言も文句を言わず、額の汗をハンカチで拭い、厨房から出て行った。木下さんのセリフではないが、本当に人使いの荒いお医者さんだ。

当の半下石先生は、当然とばかりに綿さんの背中を見送ると、「あなたはプラネタリウム、観なくていいの？」と、桜にたずねてきた。

「はい。私は息子にお弁当を作ってやりたいので」

桜は炊き立てのご飯をボウルに移し、塩を振った。混ぜながら冷ましたご飯を手のひらに載せ、梅干しと昆布とおかかを真ん中に入れ、三角に握る。聖也はこの三種のおにぎりが大好きなのだ。

「おにぎりを作るみたいに、息子の心臓も作り直せたらいいのにと思ってしまいます」

具が真ん中にくるように。形がいびつにならないように。心をこめて握る。

「どういうこと？」

ハムときゅうりを薄い食パンにはさみながら、木下さんが問うてきた。

「息子は生まれつきの心臓病なんです。私、あの子がお腹の中にいるとき、煙草吸ってたんです」

そのふた言で、木下さんも半下石先生も、気持ちを察してくれたようだ。

「息子にずっと負い目があって、その気持ちを夫に向けていたみたいで……。だんだん夫婦仲が悪くなって、結局息子に大きなストレスをかけてしまいました」

半下石先生も卵サンドを作りながら、黙って耳を傾けている。

「私、親失格だなあって……」

桜は不意に涙ぐんだ。あれから義幸とは直接会話するようになり、互いを尊重し合うようにもなった。けれど、まだなにかが足りない気がして仕方がないのだ。

「息子に謝ったら、『ごめんは一回でいい』って言われたんです……」

「そりゃそうよ。『はい』と『ごめん』は一回でいい。あなたの息子は正しい」

木下さんの言葉に顔を上げる。彼女はまた、ニーッと笑っている。

「子供をこの世に送り出した時点で、親のできることはもうないんだ。あとは精いっぱい、応援してやるだけだよ」

半下石先生は静かに語った。そうしてうつむいたまま、卵をはさんだ食パンに、丁寧に包丁を入れている。

「そうそ。親がなくとも、子は育つってね」

「子供の人生の課題を、親が肩代わりしてやることはできないのさ」

「あら、センセ。やっとわかってきたようね」

「うむ。私もようやく理解した。息子にはもうなにも言っとらん」

「奥さんのことも先生のせいじゃないって、ほんとはわかってくれてるだろうからね」

奥さんのこと……。この人も子供の人生に負い目があったのだろうか。ちょっとたずねることは、できないけれど。

初対面のシェフ兼ドクターに、桜は親近感を覚える。人間味あふれる人生の先輩たちのアドバイスを反芻しながら、飯のかたまりに上質な海苔を巻いてゆく。

今さら聖也をお腹の中に戻すことはできない。でも義幸とやり直すことなら、まだできる。子供を想うふたりの気持ちに変わりはない。これから先、再び互いが違う方を向いたとしても、またやり直せばいい。そうだ。今度ふたりで、あの豚玉を食べに行こう。

神さまがなにを考えて、聖也にカンペキじゃない心臓を与えたのか知らないが、今はとにかく聖也を応援しよう。幼くしてでっかい人生の課題を背負った息子に、義幸とふたりで最高の応援をしてやろうじゃないか。

「さ、寺田さん。息子さんにこれを持って行ってあげなさい」

そうして具だくさんのサンドイッチと、つやピカの三角おにぎりのランチバスケットがふたつ完成すると、ドクター兼シェフは、お茶の入った二本のマグボトルを差し出しながら、桜を促した。

「わたーぬきさん！　どうも、ありがとう、ございました！」

三階の和室の前に来ると、室内からいっせいに甲高い声がした。バスケットをふたつ抱え、桜は引き戸を開けて中へ入る。

二重の車座になったクラスメイトに混じり、聖也は笑っている。ちょうどプラネタリウムが終わったらしく、「天の川、本物みたことある人ー」「なーい」「織姫と彦星、知ってるー」「かみのけ座って変ー」と大騒ぎの中、うれしそうな綿さんが投影機を片づけていた。

「みんな、お弁当にしましょう」

道野先生の号令で、子供たちはリュックサックの中から、それぞれのお弁当を取り出し始めた。グッドタイミングだ。「はい、お弁当」とバスケットを渡すと、桜はすぐに聖也から離れた。聖也にばかり求めず、そろそろ自分も子離れしないといけない。

「先生、どうもありがとうございました。聖也、すごく励まされたと思います」

道野に近づき、桜はあらためて礼を述べた。暗幕と窓が開けられた部屋に、新鮮な空気が吹きこんでくる。いつの間にか雨は止み、空が明るくなっていた。

「いいえ、とんでもないです。思いがけずプラネタリウムが見られて、みんな楽しめたようです。聖也さんにも会えて、うれしかったと思います」

道野先生は若さはじける笑顔で応じ、自分のお弁当を広げた。桜もそのへんの座布団を引きよせ、腰を下ろす。自然と一緒に食べるような形になった。

「先生、自分で作ったの？」

「はい。ひとり暮らしで、誰も作ってくれませんから」

道野のお弁当はオーソドックスなものだった。ふりかけご飯に冷凍っぽいハンバーグ、ブロッコリー、プチトマトに卵焼き。いかにもお手軽、でも働くひとり暮らしの女性らしい弁当の中身に微笑み、桜は卵サンドをかじった。向こうで聖也も、卵サンドにかぶりついている。

「うま」

思わず口走った桜に、道野は反応した。

「ほんと、おいしそうですね」

何度もうなずきながら、桜は目で訴える。こんなにおいしい卵サンドは初めてだ。

「私、おにぎりしか握らなかったの。これはあのお医者さんが作ってくれたんだけど、ちょっと、すっごいおいしい。先生、ちょっと、ちょっと食べてみて」

桜はもうひとつある卵サンドを道野に勧めた。マヨネーズで和えたゆで卵が、これでもかというほどはさまった卵サンドだ。パンより具の方が断然厚い。

「おいしい……」

勧められるがままに卵サンドをつまんだ道野は、驚いたようにつぶやいた。

「でっしょうー？」

ふたりでモグモグとカンペキな卵サンドをほおばった。なんだか愉快な気分だ。

「……これ、白身に比べて、黄身が、多いんじゃ、ないでしょうか？」

「ん、そかも」

半下石先生は大量のゆで卵をスライサーでカットしていたが、いくつかは白身を外していた気がする。どうしてだろうと思ったが、なるほど、そういうわけだったのか。

「だから舌触りが、普通よりなめらかなのね」

「ふわふわ食パンと、相性抜群ですね」

聖也がこちらを見て笑っている。息子もこの卵サンドを気に入ったらしい。あのドクター兼シェフはなかなかの腕前だ。長くサークルで腕を振るっているのかもしれない。

「先生、ついでにおにぎりも食べてみて」

「すみません、いただきます」

聖也も真似して、おにぎりをほおばっている。気づけばランチバスケットをのぞいてやろうと、クラスメイトが聖也の周りを行ったり来たりしている。

「おいしいです。おにぎりも具が三種類入ると、満足感が違いますね」

「でっしょー？　こうしろって、必ず聖也は言うのよね」

聖也がうれしそうに、またこっちを見ている。桜は小さく手を振り、笑顔を返す。

もういいから、友だちとたくさんおしゃべりしなさい。しばらく会えないんだから。

子離れしたての桜は、そんなことを心に思う。

「聖也さん、手術でカンペキな心臓になるって、みんなに自慢してました」

道野に深くうなずき、桜は三角おにぎりをパクリとやった。梅干しの酸味と醤油おかかのうまみ、そして昆布の風味が混然一体となって、口の中で飯粒に混じる。ああ、おいしい。ずっと味わっていたい。聖也も大好きなおにぎりだ。

聖也がおにぎりをつまみ上げた。そしてまたこちらに視線をよこす。

どうした、息子よ。そんなに母が恋しいか。母と同じものを食べたいのか。

お前はもう、自分のことは自分で決めると言ったではないか。母から離れて、自立すると宣言したも同じだ。今さらご機嫌とろうとしても、無駄なんだよーだ。

ニヤニヤしながら顎を動かしているうち、桜はようやく気がついた。
聖也がうれしそうにこちらばかり見るのは、道野と仲良く話しているからだ。
やっぱりまだ、わかってないわ、私。
桜は肩をすくめて、残りのおにぎり半分を、押しこむように口に入れた。

第二話

すき焼き鍋は知っている

「ねえねえ、藤原さん。三輪先生、実は亡くなったんだってね」

病棟の廊下を歩いていると、背後から話しかけられた。冷静を装い、冬子は振り向く。

「和田さん。こんにちは。今日は外来日ですか？」

和田は年に二回くらい入院してくる、七十代の男性だ。C型肝炎ウイルスによる慢性肝炎を経て肝硬変となり、ついにはガンを併発した、このB7病棟に多いタイプの患者である。

「やっと、木山先生の外来も慣れてきたよ。あの先生、先に言いたいこと全部言わせないと、こっちの話、聞いてくれないからさあ。それよか三輪先生、やっぱり急な退職じゃなかったんだね」

冬子は小首をかしげてみせる。白々しいのは承知の上だ。

「変だと思ってたんだ。普通はあらかじめ、患者におしえてくれるでしょ。俺なんか十年の付き合いだったんだよ。ねえ、なんで死んじゃったの？」

「私たちも、よく知らないんですよ」

「またまたぁ。とぼけちゃって」

「ほんと、ほんと。あまりにも急だったから、私たちもおかしいと思ってたんです」

「ちぇ。藤原さんなら、おしえてくれると思ったのになあ。……まあいいや。まだ若いし元気そうに見えたけど、実は病気だったの？　事故？　それとも自殺？　まさかねえ」

和田は口の中でブツブツと言い、病棟の奥へ向かって歩いて行った。おそらく同病の友人患者を、見舞うのだろう。

深く追及されずにホッとする。同時に、胸に不安が渦巻き出す。三輪先生の死は患者に伝えないことになっているはず。和田はいったいどこで知ったのだろう。

「どうして、バレちゃったのかなあ」

日勤を終え、休憩室で冬子は米村に和田から問われた件を話した。米村は同い年の二十九歳。二年ほど前、この病棟に冬子が異動して以来、仲よくしている女性看護師だ。

「患者さんたち、どこからか聞きつけてくるんだよね」

食べ終わったコンビニのパスタの空容器にふたをしながら、米村は応えた。言葉を選んでいることが伝わってくる。

「実は誰か目撃した人がいた、なーんてわけないよね」

ついその瞬間を想像してしまいそうになり、水を飲んで気を散らす。

七階の窓の外には、真っ暗な空が広がっている。十一月になったというのに、さほど気温が下がらず、季節の流れは休憩室のカレンダーの写真でのみ感じる日々だ。

「目撃者情報だったら、和田さんもそういう聞き方しないでしょ」

元々人気の少ない場所、しかも夜だったので、病院の裏隣にある臨床医学研究センターの屋上から、先生が落ちる瞬間を目撃した人はいないらしいと、部長先生も言っていた。

「ねえ、ネットに出てないか、ちょっと見てみて」

思い切って米村に頼んだ。人にやってもらえば大丈夫かもしれない。彼に関する情報に触れてしまうと、気持ちが崩れ落ちる気がして、冬子はネット検索をしたことがなかった。事情が事情だけに、三輪先生の死は、新聞のローカル記事にもならなかったのだが。

「出てないね。……実はさ、私、前にも検索したことあるの。でもニュースサイトでもSNSでも、引っかからなかった。たぶん三輪先生のことだろうなって内容のブログは、見つけたけど」

言いながら、米村は親指でスマホをスクロールし続けている。

「どんなの？」

「『PBC(原発性胆汁性肝硬変)の母親の主治医が急に病院を辞めて、強面(こわもて)の先生が主治医になった。母は高齢で神経質だから、ちょっと心配』って内容。たぶん清水(しみず)さんの娘さんじゃないかと思うんだけど」

「川田さんのことは、書いてなかった？」

「まさか。理由も知らないのに、彼女の名前が出るわけないじゃん」

冬子は胸をなで下ろした。巷には妙な噂があふれているのではと、心配していたのだ。

「藤原ちゃん、大丈夫？」

無理に口角を上げ、冬子はオーストリア製のビスケットを一枚つまんだ。部長先生の学会出張みやげは、残り四枚がパッケージで雑にくるまれたまま、テーブルの上に放置されていた。

「うん、大丈夫。最近、ちゃんとお腹が空くようになったんだ」

米村は病棟スタッフの中で、唯一冬子と三輪先生が交際していたことを知っている。

「ほんと、倒れるんじゃないかって心配したよ。普通に見えるけど、無理してんだろうなって」

五キロ減った体重は、二キロ戻った。米村が心配してくれているのはわかっていたが、冬子はなにも話せなかった。「いつでも声かけてね」のきっかけは、なかなかつかめない。それは米村も同じだったと思うけれど。

「私ね、気がついたんだ。すごい人と付き合ってたって。だって三輪先生、人の命と自分の命を引き換えにしたんだよ。それって、すごく尊いことだよね。医師としてだけじゃなく、人間性が素晴らしい人だった。だからいつまでも悲しんでると、先生が困っちゃう気がしたんだ。僕は悪いことはしていないのに、なにを悲しんでいるんだって。ほら、ペットが死んだとき、飼い主がいつまでも悲しんでると、成仏できないっていうじゃない。だから先生も、このままじゃ天国へ行けないと思ってさ」

湿気たビスケットを飲みこみ、冬子は明るく言った。もそもそと口に残る過剰な甘味を、ようやく水で流しこむ。

「犬猫と一緒にするってどうよ」

以前のように突っこまれ、少し気が楽になった。

「あの人を好きだったからこそ、現実を受け入れようと思ったんだ。ほら、大変なことが起こったとき、自分にできることをしましょうって、よくいうじゃない。だから私も自分にできること、毎日の仕事をがんばろうと思ったんだ」

米村がこっくりとうなずく。限りなく音量を落としたテレビの画面に、午後七時前の天気図が映っている。

「前を向けって、先生が言ってると思うんだ」

冬子は語気を強め、再び窓の外へ目をやった。病院前の坂を登って来たのだろう、車のヘッドライトのような淡い光線が、ほの暗い闇に、すうっと流れるのが見えた。

「その境地に至るまでは、つらかっただろうけどね」

米村はようやく微笑んだ。そしてマグカップのお茶を飲み干すと、「強いわ、藤原ちゃん。マジ尊敬する」と立ち上がった。ロング夜勤の彼女の食事休憩は、もう終わりだ。

「大丈夫。心配かけちゃったね。どうもありがとうございます」

冬子があらためて頭を下げると、米村もかしこまって返礼してきた。

消化器内科医の三輪佳範とは、B7病棟に異動してから出会った。「色白で寡黙」が彼の第一印象だったが、話してみるとけっこう気さくで、十三歳年上の大人の男性医師に、冬子は徐々に魅かれていった。

告白することは考えなかった。二十三歳で初めて付き合った人と半年で別れて以来、これといった恋愛をしなかった冬子は、女性としての自信がなかった。

転機は一昨年の忘年会だった。二次会の参加を迷い、一次会が終わった店の前でうろうろしていると、三輪先生に声をかけられた。うれしくてついて行ったら、なんとふたりだけの二次会だった。

しゃれたバーのカウンターに並んで座り、「患者をよく観察している」とほめられた。夢見心地のまま、その夜は更け、年が明けてひと月ほどのち、男女の関係になった。

すぐに捨てられるだろうと思っていた。あまり本気になると、あとがつらい。仕事への張り合いは出たが、常に自分を戒めていた。

しかし三輪先生との交際が、しぼむことはなかった。不規則な勤務の合間を縫い、連絡を取り合った。休日はなるべく会えるよう、先生は努力してくれた。

知り合ううち、三輪先生は意外と孤独な人だとわかった。きょうだいはおらず、医師だった父親を幼稚園のときに亡くし、母親が事務員として働きながら彼を育てた。医学部の学費は父親の実家、先生の祖父から借りていた。その学費の返済を終えた直後、悲しいことに、母親が病気で亡くなった。先生が三十八歳のときだ。

「気兼ねなく、生きられるようになったとたんだった」

先生は残念そうだった。父親の死後、母親は旧姓に戻ったので、元夫の実家に遠慮があったらしい。祖父が医師でなく普通の会社員だったことも、遠慮を助長させたのかもしれない。三輪先生に冬子は同情し、そしてもっと好きになった。

冬子は姉と両親の四人家族で、父親は栃木の田舎町で電気屋を営んでいる。よかったのは冬子が小学生のころまでで、隣の市に大きな家電量販店ができると、母は外へ働きに出た。「親から受け継いだ店を簡単にたたむな」と父をどやし続け、今でも実家の古い店のシャッターは、朝晩上げ下ろしされている。境遇は違えど、家族のためにがんばる母を想う気持ちは、痛いほどわかった。

先生は子供時代、仕事から帰った母親とふたりで、よく小さな鍋を囲んだという。

寄せ鍋。タラちり。しゃぶしゃぶ。すき焼き――。

「手早く、おいしく、栄養バランス」が、お母さんの口癖だったらしい。鍋ものは時短調理で、嵩が減るから野菜がたくさん食べられる。しかし子供には、ただ煮ただけの野菜や魚はもの足りない。「味のはっきりした、すき焼きのときだけうれしかった」と、先生は苦笑いしていた。

「ほかの鍋も、もっと喜んで食べてやればよかったなあ」

先生のマンションで、初めてふたりですき焼きを囲んだとき、三輪先生はつぶやいた。

冬子は次第に、三輪先生との将来を夢見るようになった。結婚はついに言い出せなかったが、きょうだいがほしかったという先生と何人も子供をもうけ、にぎやかな家庭を築きたいと考えたりした。漠然と、自分は子供を産まない気がしていた冬子だったが、先生と一緒にいるうち、わが子とたわむれる自分の未来が頭の中に広がるようになった。

しかしその夢は、ある日突然うち砕かれた。交際を始めて一年と三か月。先生は突然天国へ召された。受け持ち患者がとび降り自殺しようとしている場面に遭遇し、彼女を助けると同時に地面に転落、帰らぬ人となったのだ。

翌日の夜勤前、冬子は星空病院にある職員用図書室を訪れた。退院した受け持ち患者の入院時看護サマリーを書くためだ。ナースステーションを勤務前にうろつくと、残業ならぬ、早業するなとうるさいのだ。

節電でうす暗い廊下を進み、図書室のドアを開けたとき、冬子と入れ替わるように男性医師が出て行った。けだるい午後の二時過ぎ。出入り口カウンターに、司書の姿は見えない。

テニスコート一面分くらいの図書室は、天井が高いせいか、もっと広く見える。入り口手前が閲覧スペースで、中ほどに開放式の本棚が、入り口と平行して狭いピッチで何台も並んでいる。奥は移動式の書架だが、人感センサー式の電灯は点いていなかった。

壁に沿って、電子カルテが四台ある。いつもは誰かしら使っているけれど、今日はいじっている人はおらず、閲覧スペースにも人の姿は見えなかった。

「これ見て。ほら、三輪先生の名前が載ってる」

突然本棚の方から、知らない女性の声がした。冬子は思わず身体の動きを止めた。

「こういうのにも投稿してたんですね、三輪先生」

もうひとりの女声にも、聞き憶えはない。

「論文、いっぱい書いてたみたいだったしね」

おそらく、なにかの資料を探しに来たのだろう。医学雑誌をめくっているうち、三輪佳範の名前を見つけた。そんなところか。

「あれからもう、半年以上経ったのか」

「なんていうか……痛ましい出来事でしたね」

感慨深げな声色からして、先生と一緒に働いたことのある人なのかもしれない。

「ねえ、聞いた？　実は三輪先生が、患者さんを臨医研に連れて行ったって話」

心臓が大きく波打った。

「私、それ聞いたとき、腑に落ちたんだよね」

「どういうことですか？　それ」

「身投げしようとしてる人は、高いとこ探すだろうから、臨医研の屋上にいても不思議じゃないよ。A棟もB棟も屋上には出られないし、病室の窓も身体は出せないし。その点臨医研は古いから、患者さんもいいとこ、目ぇつけたなと思った。問題は三輪先生よ。夜の八時過ぎに、わざわざ臨医研に、ましてや偶然、屋上なんかに行く？」

「研究で出入りしてたって聞きましたよ。臨医研にしかない実験装置を使ってたって」

気が高ぶってきたのか、会話の声量が大きくなった。ふたりのいる場所は、手前から三台目の本棚の奥のようだ。

「外の空気、吸いたかったんじゃないですか？　昔あの屋上で煙草吸ってる人、たまに見ましたよ。今はもう、屋上に出られないらしいけど」

臨医研が見えるということは、A棟側に勤務する人だろう。六階建ての屋上が見えるのならば、七階より上の病棟だ。女性医師がこんなところで噂話に興じることはまずない。ふたりは絶対、看護スタッフだ。

「偶然にしては、タイミングよすぎない？ 自分の患者の自殺企図場面に出くわすなんて」

「言われてみれば、そんな気もしますけど……」

「ふたりは妙に仲がよかったんだって。Ｂ７の同期が言ってた」

肌が粟立った。Ｂ７のいったい誰が、そんなことを。

「きれいな人らしいね。でも患者に、しかも二十も年の離れた人に手ぇ出すのかって、私、びっくりした」

「そういえば三輪先生、意外とモテたらしいですね。レジデント時代」

「そうなんだよ。特別男前ってわけじゃないけど、やさしいから。でも付き合ってるのを隠蔽するために、患者を突き落とそうとしたらしいって聞いたときは、さすがにひどいと思ったけど」

視線が宙に舞う。三輪先生と川田さんが付き合ってたなんて噂、聞いたこともない。

「でもさあ、薬局の姉川さん、ショックだっただろうね」

「ああ、あの人。かわいそうですよね……あ、ここ、使えません？」

冬子は忍び足で出入り口のドアに近づき、レバーハンドルを回した。大きく外側に押し開け、ドアから離れる。一、二秒ののち、音を立ててドアが閉まるのを待った。

会話がピタリと止んだ。

冬子は本棚に歩みよると、資料を探すふりをして、ふたりのいる通路に移動した。アラフォーと、それより少し若いふたりの女性が、同じ雑誌に見入っていた。冬子は雑誌の背表紙を指しながら、白衣の胸の名札を横目でうかがうが、角度が悪い。

「すみません」

声をかけ、ふたりの頭上にある雑誌に手を伸ばした。ふたりは割れるように身体をずらす。

「すみません。今日は司書さん、いらっしゃるか、ご存じですか？」

声が震えないよう、冬子は唇に力を入れた。いきなり質問され、相手はちょっとびっくりしたようだ。

「……さあ。わかりませんけど、私たちが来たときには、もういなかった。ね？」

「B7に同期がいる」と言った方、手塚真佐子が応えてくれた。同意を求められ、もうひとりが「うん」とうなずく。

「そうですか。どうも」

冬子は軽く会釈をして、雑誌を取らずにその場を離れた。

川田美玲は、膵臓の良性腫瘍の検査入院をしていた女性患者だ。今は良性でも、将来はガンになるかもしれないと、若い彼女の不安は大きかった。プライベートでもトラブルを抱え、悩むあまり、その日は夕食後にひとりで病棟から出て行った。死に場所を求めてフラフラしているうち、臨医研にたどり着いた。守衛の目を盗んで中へ入り、建物内を歩き回った。ジャケット姿でメイクも施していたため、すれ違った研究員にも怪しまれなかった。そのうち屋上へ出られるドアを見つけ、発作的に屋上の縁（へり）に立った。逡巡（しゅんじゅん）していたら、男性に声をかけられた。振り向くと三輪先生だったので驚いた。言葉を交わしたと思うが、よく憶えていない。突然強い力で身体を引っぱられ、床にたたきつけられた。大きな音を聞いたようにも思う。そのときはもう、三輪先生の姿はどこにもなかった。怖くて動けず、うつぶせて泣いていたところを、川田は守衛に発見された。

以上が、三輪先生の死の翌日、B7スタッフが聞かされた、看護師長からの説明だった。

結局サマリーは書けないまま、冬子は夜勤に入った。

図書室で聞いた話が頭から離れなかった。注射の準備をしているときも、指示確認の最中も、「三輪先生が川田さんを連れて行った」という話が、どうしても意識に上った。どうしてそんな噂が立つのか。先生と川田さんが交際していたなんて信じられない。連れて行ったことと、自殺企図は矛盾する。「付き合いを隠蔽するために殺した」は、死者への冒瀆（ぼうとく）だ。先生はそんな人じゃない。無責任に、話を面白おかしく盛るのは許せない。

三輪先生はいつも、誠実に診療に当たっていた。ほかの先生のように陰で患者の悪口を言わないし、わがままな患者にも理解を示した。「患者さんに厳しくする必要はない」が、医師としての彼のポリシーだった。だから誤解されたのだ。

ふたりのときも、冬子が言いづらいなとためらっていると、必ず向こうからたずねてくれた。でも言いたくないことは、無理に聞き出そうとはしなかった。それくらい人の気持ちを大事にする人だったのだ。あんな言いがかりは許されない。

薬剤科の姉川さんとのことは、先刻承知だ。先生より三歳下で、長い髪のおとなしそうな女性だ。交際は六年も前、まだ冬子と知り合っていなかったころの話だ。とっくに終わった関係なのだから、ショックは自分ほど大きくないはずだ。

いけない。イライラしている。これでは医療ミスを起こしかねない。せっかく、前へ踏み出せると思っていたのに。

冷静になろうと、冬子は深呼吸を繰り返した。集中しろと自分に言い聞かせたが、怒りのあまり、それは先生が亡くなった直後より難しかった。

二日後の日勤。配膳車（はいぜんしゃ）の前で、昼食トレイを患者に手渡していた冬子の近くに、知らない男性医師が現れた。

「今日の常食は牛肉のすき焼き風とカブとはっさくのサラダ、ミニコロッケと豆腐の味噌（みそ）汁（しる）か」

「えっ、すき焼き？」

献立も見ず、食札名での患者確認に気をとられていた冬子は、その半下石という医師のつぶやきに、思わず反応してしまった。

言われてみれば、そんなにおいがしている。すき焼き鍋を三輪先生と突いたことが、ふいに頭によみがえる。自動的に図書室の会話も思い出した。

「おいしそうだねえ。そう思わんかね？　あなた」

「あ、はい、そうですね……」

ニコニコと話しかけられ、冬子は反射的に愛想笑いを浮かべた。だいぶ上の地位にいそうな先生だ。「軟菜の鶏ささ身の天ぷらもいいねえ」などと、ほかのトレイものぞきこんでいる。外部の医者かもしれないが、変わった人だ。

「何科の先生なんですか？　配膳のときうろうろしてた、半下石って先生」

ナースステーションに入った冬子は、ちょうど居合わせた内野にたずねてみた。内野は三十八歳の独身女性。新卒から星空病院で働いているベテランで、手塚真佐子と同期である。

「ハゲ石は名誉院長だよ。元は消化器外科の部長先生」

星空病院に名誉院長がいることは知っていたが、名前までは知らなかった。

「この間も来てた。例の一件でＢ７が動揺してないか、偵察に来てるって噂。そんなに頻繁に来られたら、余計思い出しちゃうじゃない。ねえ？」

移動ワゴン上の電子カルテの前で、内野は目線だけをこちらへ向けた。期せずして三輪先生の話になり、冬子の表情はこわばる。まさに例の一件について、たずねようと思っていたところだったが、心構えができていない。

「こんなこと言うと、叱(しか)られちゃうかもしれないけどさ。三輪先生、無理して助けること、なかったのにね」

すると内野は、言いづらそうに、しかし言わずにはおれないといった風に口を開いた。

「……それって、川田さんを、ってことですか？」

冬子は思わず問い返す。日勤者の半分は昼の休憩中で、今動いているほかの二名は、病室から戻って来ていない。

「絶対安全な場所ならともかく、あんな危険なところで身体はることなかったよ。思わず身体が動いたのかもしれないけどさ。三輪っちの受け持ち患者は、みんな困ったと思うよ。突然主治医がいなくなったんだから。高齢者が新しい医者に慣れるのって、結構大変なんだよ」

先日の和田さんの話や、米村が見つけたブログが思い出された。

「それにさ、川田さんって普通のＯＬでしょ。将来は子供産むかもしれないけど、せいぜい数人の話よ。それに比べて三輪先生は、まだまだこれから何百人、何千人という命を助けられたんだよ。もったいない。ある意味無責任よ。医者ひとり一人前にするのに、すごいお金がかかってるっていうのに」

絶句した。内野が命の重さを、経済価値で測る人だとは思わなかった。マイペースだが、しっかりした職業人だと思っていたのに。先生の人道的行いを、そんな風に見ていたなんて。

「ごめんね。こういうこと言うの、不謹慎だね。今言ったことは、全部忘れてね」

今さらのように、内野は謝る。冬子はあいまいに微笑み、おざなりにキーボードをたたいた。

「でも正直、三輪っちがそんなに正義感の強い人だと、思ってなかったんだよね」

言いわけでもするように、内野はつぶやいた。

「でも、患者さんにはやさしかったですよね」

「口調が穏やかだから、年寄り受けはよかったよね」

内野はまた、引っかかるもの言いをする。

「……あのとき、実は三輪先生が、川田さんを臨医研の屋上に連れて行った、そして突き落とそうとしてたって噂話。内野さん、知ってます？」

困惑を抑え、冬子はたずねた。内野のスタンスはわかったが、質問してみたかった。

「それ、最初川田さんが『先生に屋上へ呼び出された』って警察に話したからでしょ。でもごまかせなくなって、本当のことを打ち明けたんだよね」

　冬子は再び、ショックを受ける。どうしてそれが、今まで自分の耳に入らなかったのか。

「先生の白衣のポケットに、実験室の鍵が入ってたから、最初は警察も信じたらしいけど。普通に考えれば、屋上のドアの鍵が開いてたことの方が不思議だし」

「鍵？」

「各実験室の鍵で、屋上のドアの鍵が開けられるんだって。その日は誰かが、閉め忘れたんだろうね」

上で休憩したりした時代の名残らしいけど。洗濯した白衣を干したり、屋
「……川田さん、なんでそんな嘘、ついたんでしょうか？」

「あの人の会社、大きな商社でしょ。自殺未遂を会社に知られたら、人事評価に響くと考えたんじゃないの？　死にたかったくせに、生き残ったとたん、打算が働くってすごいよね」

　吐き捨てるように言う内野に、冬子はどこか救われたような気になってしまった。

　内野は三輪先生をとがめるかのようだった。彼女も衝撃を受け、気持ちの持って行き場がないのだろう。つまり先生の死を真面目にとらえているのだ。元々違うだろうとは思っていたが、手塚に作り話をしたのは内野ではない。

しかし「先生が連れて行った」が、まったくのデタラメでなかったのは意外だった。彼

女の話が自分の耳に入らなかったのは、実は三輪先生と自分の関係を病棟スタッフはみんな知っていて、良くも悪くも、配慮してくれていたのかもしれない。

「無理して助りることなかった」と聞いたとき、冬子は心の底からホッとした。経済価値イコール命の価値と考えてはいないが、川田さんに対して怒りを覚えるのは、仕方のないこととわかったからだ。

もしも先生が、生きていたら――。

考えても詮ないことを、また考えるようになってしまった。あったかもしれない未来を想像しては、悔しさを嚙みしめる。

せめて川田さんが、まったく別の場所を選んでくれていたら――。

あと三十分早く、もしくは三十分遅く、病棟を出てくれていれば――。

そんな想像が冬子を立ち止まらせる。立ち止まれば、再び苦しみの中へ引き戻される。

冬子は前へ進みたかった。

真っ暗な水の中でひとりもがき続けるのは、もうまっぴらだった。

翌日の夕方六時半。日勤業務を終えた冬子は、ナースステーションで時間をつぶしていた。同じく日勤の宇佐美が、仕事を終えるのを待っていたのだ。

宇佐美は三十九歳の独身女性。ちょっと下世話な、やはり手塚の同期である。

「お疲れさまです」

「……お疲れ」

エレベーターホールで、ショルダーバッグをだらしなく肩からさげる宇佐美に、冬子は声をかけた。太り肉（じし）の身体に疲労感を漂わせた宇佐美は、怪訝（けげん）な顔で銀縁眼鏡を指で軽く持ち上げた。

「今日も宇佐美さん、大変でしたね」

「ほんとよ。あの人、脳症起こすと大変だから、先生も定時でアミノレバンやってくれればいいのにさあ」

今日担当していた患者の治療に対する不満を漏らし、宇佐美はエレベーターの階数表示に目をやった。冬子は緊張しながらうなずき、単刀直入にたずねた。

「宇佐美さん、Ａ７の手塚真佐子さんと同期ですよね？」

「うん、そうだけど。どうして？」

宇佐美と一緒に、エレベーターに乗りこむ。幸いケージの中に、先客はいなかった。

「宇佐美さん、三輪先生が川田さんを臨医研の屋上に連れて行ったって、手塚さんに話しましたよね？」

「はあ？」

宇佐美は目を丸くしている。

「手塚さんがしゃべってるのを図書室で聞いたんです。三輪先生と川田さんが付き合ってて、先生が屋上に連れて行った、そして突き落とそうとしたって。B7の同期の人から聞いたと、手塚さんは言ってました」

最後は声が震えた。口にすると、怒りが増幅した。相手はずっと先輩だが、これぱっかりは譲れない。

「やだ。なにそれ。そんなこと言ってないよ。私、そんなこと言ってない」

エレベーターは地下二階に到着し、ドアが開いた。が、宇佐美はケージから降りない。

「突き落とそうとしたなんて、ひどい。そんなこと言うはずないでしょ」

目をつり上げ、血相を変えた宇佐美に、冬子は少したじろぐ。

エレベーターのドアが閉まりかける。そのことさえも気にくわないかのように、宇佐美はドアの端に直接手をかけ、強引に身体を外へ出した。冬子もあとを追うように降りた。

「三輪先生と川田さんが付き合ってたって？　そんなの知らない。どういうこと？」

「……宇佐美さんが手塚さんに、そう言ったんじゃないんですか？」

「同期の何人かでしゃべってたとき、『先生が川田さんと仲良く話してた』とは言ったよ」

「仲良く話してた……」

「実際ふたりは、やたらしゃべってたからね。藤原さん、チームが違ったから、知らないかもしれないけど」

当初の勢いをなくした冬子に、宇佐美は少し口調を緩めた。

「でも『付き合ってる』も『突き落とそうとした』も、どっちも言ってない。私、三輪先生、実は偉い人だったんだって、見なおしたんだから」

宇佐美は嘘をついているようには見えない。もしかしたら、自分は勘違いしたのだろうか。図書室の会話を思い出そうとするが、一言一句、正確にリプレイするのは難しい。これでは自分の方が、言いがかりをつけていることになってしまう。

「すみません。私早とちりして……。疑って申しわけありませんでした」

冬子は唇を噛み、「すみません」と小声で謝った。かなりバツが悪い。

「手塚、違うところで聞いた話と、混同してんじゃないの？」

平謝りする冬子に、宇佐美はあきれた様子だったが、突然気がついたように言った。

「だから藤原さん、私に対して、ずっと怒ってたのね」

「……」

「それでかあ。最近、様子が変だと思ってたのよ。私のこと避けるし、質問にもちゃんと答えてくれないし。私、藤原さんを怒らせるようなことしたかなって、ずっと考えてたのよ。それが原因だったのねえ」

居心地がさらに悪くなる。図書室であの会話を聞いて以来、シフトはかぶっていたが、宇佐美と話さないようにしていたのは事実だ。

「いえ、あの……本当に申しわけありませんでした」

「いいよ、もう。藤原さんが義憤にかられる気持ち、わからないでもないから」

この人は、冬子と三輪先生の関係を知らないのかもしれない。知っていれば、「義憤」とは表現しないだろう。

他病棟の看護師が、ふたりの脇（わき）を通って歩いて行った。宇佐美が急に人の目を気にして、エレベーターホールの奥へ歩いて行く。冬子も移動する。

「ま、先生もいろいろやってたけど、最後は患者のために命を捧（ささ）げたんだから、すべてチャラってことよね」

宇佐美はいわくありげに、ささやいてきた。

「ほら、三輪っち、けっこう患者さんのこと、モルモットにしてたじゃない？」

思いもかけないことを聞かされ、冬子は息を飲んだ。

「どう見ても必要のない検査してたじゃん。肝臓の腹腔鏡（ラパロ）なんて、しょっちゅうやるもんじゃないけど、この間やったばっかなのに、またやるのってことあったし。あれ、論文書くためだよね」

「……そんなこと、三輪先生がするはずありません」

「藤原さん、やっぱ知らなかったんだ。大腸ガンの肝転移（かんメタ）にも、勝手にRFA（ラジオ波焼灼療法）やってたんだよ。部長に叱られてやめたけどさ」

心に立ったさざなみが、大きくなった。部長先生と三輪先生があまり仲よくなかったのは、それだったのか。「気が合わない」と聞かされていたが、実は明確な理由があったのか。

「こっそり仲のいい外科の先生と結託してさ。データ、取りたかったんだろうね」

黙りこんだ冬子に、宇佐美はねっとりとした視線を向けてきた。

冬子は着替え、図書室に向かった。三輪先生が受け持っていた患者のカルテに片っぱしからアクセスし、診療記録をチェックする。

ひとりの患者に、頻繁に腹腔鏡を実施した様子はない。ほかの先生のやり方と比べても、それほど違う方針で治療していたようには思えない。宇佐美の勘違いか、嘘をついているのか。それとも自分は恋人だったから、見えないのだろうか。

次に外科の患者のカルテに移った。大腸ガンの肝転移。仲のいい外科医。

三輪先生はさほど交友関係を話す人ではなかったが、一緒に仕事をした医師の名前は、何度か耳にしたことがある。冬子はその消化器外科医が診療している患者のカルテにアクセスし、病名一覧に「大腸癌」と「肝転移」が書かれている人を探した。

結構な人数だった。そうして一時間ほどが経ったろうか。

気が遠くなりかけたところで、確かに宇佐美の言った通り、転移性肝腫瘍のＲＦＡが実施された患者を見つけた。半年ほどの間に計四人が受けている。冬子がB7に異動して間もないころだ。

カルテ内容はあっさりしたものだった。ほかの患者たちに比べ、文章量は多くもなく、少なくもなく。適応外だとか、強く勧めたといったことは一切書かれておらず、説明し承諾が得られ治療ののち寛解と、淡々と記載されていた。

先生が人一倍、患者にやさしくしていたのは、都合の悪さをごまかすためだったのか。もどかしくなるほど、冬子の気持ちを深追いしなかったのは、自分の腹も探られたくなかったからか。

医療人として尊敬していたのに。体よく騙されたということか。「そんなに正義感の強い人だと思わなかった」という内野のセリフが真実味を帯びる。

ふと、姉川さんのことが思い出された。先生から唯一、直接名前を聞いた女性だ。「自然消滅」とだけ言われた。同じ病院で働く冬子を、気遣ってのことと思っていた。こちらもエチケットとして、過去の女性関係は詮索しなかった。先生を信用していたと言えば聞こえはいいが、本当は知り過ぎるのが怖かったのだ。

本当の先生を知らずに、自分は結婚を夢見ていたのかもしれない。

栃木の電気屋のオヤジである父と三輪先生が、酒を酌み交わす場面を楽しみにしていた。親孝行する前に母親を亡くした先生は、冬子の母を慕ってくれるのではとも期待した。

図書室で手塚が姉川さんの名前を口にしたのは、死の直前までふたりが関係していたのを知っていたからではないか。先生と結婚話をしたことはないのだ。もしかしたら、自分は二股(ふたまた)をかけられていたのかもしれない。

冬子は涙を指で押さえ、マウスをクリックし続けた。電子カルテの無機質なフォントが涙でにじんだ。このひとつひとつの文章を三輪先生が書いたのだと思うと、とても愛(いと)しく、そしてつらくなった。

「鈴木(すずき)さん、血培採ります」

それから十日ほど経った、十六時間夜勤もまだ序盤の二十時過ぎ。検体ボトルを処置室で準備しながら、冬子は同じく夜勤の米村に告げた。

六十五歳の鈴木さんは慢性膵炎(すいえん)の女性患者で、一昨日(おととい)から原因不明の発熱が続いている。絶食し、保冷枕(まくら)で頭部を冷やしていたが、また三十八度八分も出てしまった。

「うわ。こんな時間に面倒だね。手伝うわ」

米村が笑顔で応じてくれる。

「昨日、CV(中心静脈カテーテル)、抜いたのにね」

無言で準備する冬子に話しかけながら、米村は顔色をうかがってくる。最近あまり元気がないと、心配してくれているのだろう。

宇佐美と話して以来、冬子はどこか身体が宙に浮いたようだった。三輪先生のRFAについてたずねたとき、「倫理委員会を先に通していたら……」と、部長先生に歯切れの悪い回答をされたことも尾を引いていた。「検査適応は個人差がある」とも言われ、三輪先生の生前の功績に泥を塗りたくないというより、今さら余計な問題が発覚しては困ると、考えているだろうことがうかがえた。

「じゃあ、検査室に持って行くので、よろしくお願いします」

熱でぐったりしている鈴木さんの保冷枕を交換し、点滴の調節を終えた冬子は告げた。

「私、持って行こうか」

「ううん、大丈夫。さっと行ってくるから」

米村の好意を断り、冬子は逃げるように処置室をとび出した。最近は仕事をしていると、もの陰からひょいと三輪先生が現れそうで、病棟にいるのが怖いのだ。亡くなった直後は、あんなに会いたくてたまらなかったのに。

ノンストップでエレベーターを降り、一階で検体を提出し終えると、急に虚(むな)しさにおそわれた。

自分が信じていたものは、なんだったのか。これからどうやって、生きていけばいいのか。すぐに病棟に戻りたくない気持ちが、余計なことを考えさせた。

冬子は目に見えない力に引っぱられるように、薬剤科へと足を向けた。当直勤務者はチエックずみだ。今夜の薬剤科の当直は姉川である。

外来や検査部門が並ぶ、薄暗い廊下を冬子は歩いた。リノリウムの廊下はワックスがけされたばかりのようで、非常口誘導灯の緑をきれいに反射し、ときどきキュッと音を立てる。

薬剤科の夜間出入り口へ行ってみると、手元だけガラスが切り取られた窓口で、患者へ薬を手渡している姉川が見えた。

「一日三回、……とこちらを、内服してください」

近づくと、かすかに声が聞こえた。だるそうな小学生くらいの女の子の横で、母親らしき女性はなにか質問している。背後の長椅子には、スーツ姿の中年男性と若い女性が、まだ順番を待っている。

冬子は窓口の脇にある夜間出入り口のテンキーで解錠し、薬剤科の部屋に入った。冬子の姿を気にしていた姉川は、母親の対応を終えると振り向いた。

「すみません、B7です。薬、取りにきました」

「B7？　電話、もらいましたっけ？」

冬子が告げると、姉川は不思議そうにたずねた。

「されてないですか？　しときますって、言われたんですけど」

冬子は嘘をついた。人手のない夜間、緊急的に薬剤が必要なときは、コンピューターシステムでオーダーするとともに、電話も入れることになっている。

「電話、来てないですね」

困ったような姉川に、「すみません、まだですか？」と、中年男性がイラついたように窓口から話しかけてきた。「あ、はい」と姉川は顔を戻し、申しわけなさそうに頭を下げる。

「準備できたら電話するので、病棟に戻っててください。時間がかかると思います」

「いえ、全然急がないので待ってます。どうぞゆっくりやってください」

冬子はさも気遣ったように言った。そして勝手に通路を奥に進み、作業スペースのそばにあるパソコンを使い、1％キシロカインのアンプル剤を五本入力した。

作業を終えると、再び夜間出入り口へ戻った。

姉川はさっきの中年男性に、軟膏の説明を繰り返していた。口調も穏やか、内容も丁寧だ。

緩やかなポニーテイルに束ねたストレートヘアが美しい姉川は、今年で三十九歳というが、未だ独身らしい。大変な美人というわけではないが、肌がきれいで好感が持てる。救急患者への親切な対応から、普段の仕事ぶりが見えるようだった。姉川はきっと、優秀な薬剤師であり、人格もできた人なのだろう。

そもそも三輪先生は、どうして姉川と接点を持ったのか。どんな風に交際していたのか。

果たして先生の死の直前まで、関係していたのだろうか。

気になって仕方がなかった。でもそれを知ると、打ちのめされてしまいそうでもある。

もう仕事に戻った方がいい。しかし足が動かない。彼女を通して、三輪先生を見てしまう。

患者対応を終えた姉川が、ようやく冬子に近づいて来た。そして「ごめんなさい、もう一件だけ先にやらせてください」と、院内PHSでどこかへ電話をかけ、やり取りして、また点滴薬を準備し始めた。その一部始終を冬子は目に焼きつける。

「本当にお待たせしました」

姉川はすまなそうに、冬子に薬剤を渡してくれた。ただちに必要のない局所麻酔薬を受け取り、冬子は薬剤科をあとにした。

最後は彼女を好きになっていた。

気づけば、冬子が病棟を出てから、五十分が経過していた。

足早に病棟に戻ると、誰もいないナースステーションに夜勤帯のリーダー中西（なかにし）が入って来て、低い声で告げた。

「鈴木さんが急変した」

「えっ？」

「一号室に移したから」

中西は冷ややかな目で冬子を一瞥（いちべつ）すると、すぐに処置室に行ってしまった。冬子の背中に、冷たいものが走る。まさか鈴木さんが急変するなんて。

慌てて一号室に行ってみると、真っ赤な救急カートが目にとびこんできた。米村と二年目の看護師・月岡（つきおか）、当直医の姿があった。

「なにか様子が変だったじゃん？　気になって測ってみたら、血圧四十だったの。そしたらあっという間に、意識もなくなって」

米村は冬子に素早くささやき、尿道カテーテル挿入に使った鑷子（せっし）やゴミを、ワゴンの最下段に載せた。どうやら鈴木さんはショック状態に陥ったらしい。

天井から吊（つ）るされた点滴棒には輸液バッグが三本、ぶら下がっている。救急カートの上に気管内挿管の準備がされているから、一時は自発呼吸も危ぶまれたのかもしれない。酸素マスクを装着した鈴木さんは、乱れた髪をシーツの上に散らばらせ、生気のない顔で仰（あお）向（む）けに横たわっている。酸素流量計の激しい気泡音が耳に迫った。

すべての処置が終わったあとだった。冬子は消火活動が終わった現場にひとり遅れて駆けつけた、まぬけな消防士のようだ。

急変の予兆に気づけなかったことを、冬子は悔いた。

どうして橈骨（とうこつ）動脈を確認しなかったのだろう。そんなに血圧が下がっていたなら、脈も触れづらかったはず。採血のときさんざん腕を触ったくせに、冷や汗を気に留めなかった。

頭の中が三輪先生と姉川さんでいっぱいだったからだ。「患者をよく見ている」と三輪先生は言ってくれたけれど、もうほめられる資格はない。ポケットの中のポリエチレンのアンプルを思わず握りしめる。自分はいったいなにをしているのだろう。

「血圧、九十八の五十八です」

聴診で血圧を測り終えた月岡が告げると、安堵の空気が病室に広がった。

当直医がひとつうなずき、病室を出て行った。うしろから中西が現れ、「ご主人、そろそろ到着すると思うから」と言い、「藤原さんに申し送って、引き継いでください」と、抑揚のない声で米村と月岡に告げた。

夜勤を終え、冬子が更衣室に向かってとぼとぼと歩いていると、名誉院長に出くわした。

「あ、半下石先生」

思わず名を呼んでしまった。この先生はB7のことを気にかけてくれている。その意識が、声を上げさせた。

「おや。君は確か、B7病棟の看護師さんだね」

うしろ手にして、ニコニコと応じてくれた好々爺のような医師に、冬子はすがりつきたい気持ちになった。女子更衣室や洗濯室、清掃員控室が並ぶこのフロアを、どうして名誉院長が歩いているのか、皆目見当がつかないけれど。

「大丈夫かい？　幽霊みたいな顔してるよ」

「先生、私……」

涙腺が一気に緩んだ。米村や病棟スタッフには話せないことも、この偉い先生は、大きな心で受け止めてくれる気がした。

「私、自分にできることをしようって、三輪先生の死を乗り越えて、仕事をがんばろうと思ってたのに、患者さんを全然見なかったんです。それどころか、放り出してしまった」

半下石先生は表情を変えず、じっと耳を傾けてくれている。

「スタッフに大迷惑をかけてしまいました。なのにみんな、私を責めないんです。私のこと、気遣ってくれてるんです。私……私、自分が情けなくて……」

「どうして君を、みんなが気遣ってくれるんだい？」

「……私が三輪先生のことで、すごくショックを受けたのを知ってるから」

とはいえ、いきなり交際していたと話すのは、さすがにはばかられた。

「信じてた人に、裏切られていたかもしれないんです。私、その人のこと好きで、大好きで、結婚したかったんです。もうその人はいないので、無理なんですけれど……。私、これからどう生きていけばいいのか、わからなくなってしまって……」

「人は往々にして、迷うものだよ。不安なときは、特にね」

支離滅裂な冬子に、半下石先生はやさしい言葉をかけてくれる。

「泣くといいよ。涙は心の汗というじゃないか。泣きたいときは、思い切り泣くといい」

「すみません……」

廊下で立ったまま、しくしくと泣き出した冬子のそばを、清掃カートを押した女性清掃員が通りかかった。彼女は冬子の隣でぴたりと立ち止まり、動く気配がない。どうやら半下石先生と口パクとジェスチャーで、会話をしているようだ。

妙な気配に顔を上げると、年配の清掃員は冬子の顔をじっと見て、納得したように行ってしまった。先生に泣かされていると疑い、心配してくれたらしい。

「まったくうるさいばあさんだ。……さて、どうだい、君。キッチン花に来てみないかい？」

清掃員が行ってしまうと、半下石先生は咳払い（せきばら）をして、冬子に誘いをかけてきた。

「……キッチン花？」

「キッチン花は、選ばれし者だけが食べることのできる特別なレストランだ。お代は五百円以上ならいくらでも結構。リクエストに合わせて、料理を提供している。人間、食べると元気が出るものだ。いかがかな？」

心の中を吐露したせいか、少し気持ちが上向いていた。この状況で、食事に誘われるとは思わなかったが、キッチン花とやらには興味がわいた。

「実は今日はもうひと組、お客がいてね。是非君に会わせたい。いや、会った方がいいと思う」

「……は？」

「さ、なにが食べたいか、リクエストしてくれたまえ。もうひと組の連中も、文句は言わんだろう」

名誉院長は急にいたずらっぽく微笑み、院内ＰＨＳをポケットから取り出した。

会議室のようなキッチン花の客室には、壁に沿って鉢植えの花や観葉植物が並んでいる。時節柄、真っ赤なポインセチアがところどころにあしらわれ、夜勤明けの目に染みる。

午後十二時半に来いと言われた冬子は、急遽仮眠室で休息を取り、私服に着替えて別館四階にやって来た。半下石先生は、もうひと組の客とその時間に会う約束をしていたらしい。

と、ノックが聞こえ、見覚えのある男女ふたりが、出入り口のドアから入って来た。

「あら、藤原さん」

あっと声を上げそうになった。越谷さんと松島さんだったからだ。

どちらもＢ７病棟に何度も入院している患者だ。ふたりは三輪先生の患者でもあった。

「こんにちは。Ｂ７を代表して来てくれる看護師さんって、藤原さんだったんですね」

丁寧に頭を下げた越谷さんは、七十代後半のしっかりした女性だ。接するたびに、その穏やかな礼儀正しさに、こちらまで気持ちが洗われるようだった。

「夜勤明けに付き合ってもらって、悪いねえ」

松島さんは六十五歳の男性で、正義感が強いという印象がある。同室者が病室のトイレで喫煙していたのを、看護師に言いつけずに直接注意し、改心させたと聞いたからだ。

「あの、B７の代表って、どういう意味ですか？」

「あら。名誉院長から聞いてない？」

「はい、なにも」

越谷さんは松島さんと顔を見合わせ、円テーブルに冬子を誘った。

「実はね、三輪先生のことを聞いてしまったの。私たち」

なんとなく予想はできた。話し始めた越谷さんから視線を外し、冬子はうなずく。

「本当に驚き、残念に思いました。三輪先生は私たちの話をよく聞いてくれて、ひとりひとりに合った治療を心がけてくださいました。患者のために、ご自身が犠牲になられたとうかがって、いても立ってもいられなくなったんです。それで三輪先生にお世話になっていた患者に声をかけ、せめてもの追悼の意を表したいと思い、募金活動をしたんです」

なんということだろう。冬子の総身に鳥肌が立つ。

「まとまった金額が集まったので、ご遺族にお渡しいただきたいと、病院に伝えたんですけど、ご遺族は『病院で生かしてくれ』とおっしゃったそうなんです」

「三輪先生、独身なのは知ってたけど、ご両親ももうおられないんだってねえ」

松島さんがしみじみとつぶやいた。葬儀の喪主は先生の母親の妹の息子、つまりいとこが務めていた。妹さんの方は、当時入院中だったらしい。

「そこで、記念植樹はどうかと思ったんですが、助かった方のお立場を考えると、それもどうかという意見があってね。そんなとき、半下石先生と知り合って。食事しながら相談しようと言ってくださったの」

越谷さんの話を継ぐように、松島さんが質問してきた。

「藤原さんはどう思う？　先生は研究熱心だったから、そっちに使ってもらおうと考えたけど、ちょっと味気ない気もするんだよねえ」

「そうですね……。どうしたらいいでしょう……」

冬子は感極まり、言葉に詰まる。自然と涙があふれてくる。

「……すみません、私、ちょっと……いろいろ、思い出してしまって」

「こちらこそごめんなさい。やっぱり一緒に働いてた看護師さんは、つらいわよね」

「患者のわがままに巻きこんで、悪かったな」

困惑する越谷さんと松島さんの声が、冬子の耳にやさしく響く。

「お待たせしたね」

　そのとき半下石先生と作業服姿の男性が、部屋に入って来た。ふたりは大皿に載った食材とカセットコンロ、鉄鍋を抱えている。そう、冬子がリクエストしたのは、すき焼きである。

「豪勢ですね、先生。どんなごちそうかと思ったら、昼間っからすき焼きですか」

「藤原さんのリクエストでね」

「こりゃあいい。藤原さん、どうもありがとう」

「昔は法事で親戚の家に行くと、昼間から鍋も珍しくなかったけどね」

「ああ、うまそうだ。腹が減ってはなんとやら。食べてから考えるとしようよ」

　涙ぐんだ冬子をなんとか励まそうと、松島さんと越谷さんはさかんに話している。

　すき焼き鍋が火にかけられた。白いエプロンを着けた半下石先生が、立派な菜箸で牛脂を引く。どうやら高級店のように、すき焼きの調理をしてくれるらしい。キッチン花の料理人が、この名誉院長というのは本当のようだ。

　くすんでいた南部鉄器の鍋肌が、溶けた牛脂でたちまち光った。熱せられた脂のいいにおいが漂うと、薄切り牛肉と斜め切りされた新鮮そうな白ネギが置かれた。「お好みで」の生卵を、冬子はとんすいに割り入れ、気持ちを整える。

　三人は牛肉が焼けるのを待つ。ほどよい霜降りで、かなり値のいい肉のようだ。越谷さんと松島さんは生卵を使わない派のようで、空のとんすいを前にすき焼き鍋を注視している。

牛肉に軽く焦げ目がついたところで、割り下が注がれた。

ジュ――――ッ……。

鉄鍋から湯気が勢いよく上がった。

「割り下はキッチン花特製だよ。うぉっほっほっほ」

半下石先生は自慢すると、香ばしく泡立つ割り下に、牛肉と白ネギをからめた。そして越谷さん、松島さん、冬子と、銘々のとん水に順番によそい、「さあどうぞ」と勧めてくれた。

「いただきます」

先生自身は食べないらしい。宴会時に医者の鍋奉行を見るのは珍しくないが、患者である越谷さんと松島さんは、押しいただくように、とん水を受け取っている。

冬子も丁寧に手を合わせ、溶き卵をからめた肉と白ネギを口に入れた。

柔らかな牛肉と割り下のうまみが、口いっぱいに広がった。シャキシャキした白ネギの甘さとさわやかさが、脂身のコクを引き立てる。醬油(しょうゆ)と砂糖のバランスもちょうどいい。なんておいしいすき焼きなんだろう。

「こりゃうまい」

「ほんと、おいしいわ」

松島さんも越谷さんも、大きく口を動かしている。

「私、市販の割り下はしょっぱ過ぎて苦手なんですけど、これはイケます」

興奮気味に冬子が話すと、松島さんと越谷さんが笑った。「イケます」という、上から目線のセリフが、ふたりにはおかしかったようだ。

「藤原さんはどちらの人？　すき焼きって、西と東で作り方が違うのよね」

「栃木です。でも東京の割り下は、ちょっと醬油が強すぎて」

「関西では水と砂糖と醬油を直接鍋に入れて煮るから、ちょっと甘いんだよな」

越谷さんに応じた冬子に、松島さんが言った。

「地域だけじゃなく、家庭ごとに作り方も具材も、微妙に違うからねえ、すき焼きは」

言いながら、半下石先生はどんどん肉を煮焼きしてゆく。煮詰まる割り下にお湯を足し、絶妙の濃さに調整するあたり、シェフと称するだけのことはある。

焼き豆腐としいたけと春菊、そしてお麩としらたきが、鍋に投入された。牛肉のうまみが溶けた煮汁の中で、春菊の緑は鮮やかになり、しいたけの傘につやが出る。

「香川県ではすき焼きに、大根を入れるらしいですね」越谷さんが言った。

「私もテレビで観ました。味の浸みた大根がうまそうだった。でも味つけの好みが合わないと困っちまう。若いころ、熊本出身の上司の家ですき焼きをごちそうになったことがあったんですがね。いい牛肉だったのにあまりに甘くて、思わず箸が止まっちまった」

悔しそうに語る松島さんが、慌てて自分のとん水をシェフに渡す。具材の煮え過ぎは禁物とばかりに、シェフが手を出して催促するからだ。

「私の実家は京都出身の母の影響で、すき焼きといえば鶏肉だったの。だからごぼうが入ってました。牛肉はたまにしか入れなかったわ」

「大阪や海の近くでは、サバとかサワラで魚すきをするって聞いたなあ」

越谷さんと松島さんの話に、興味深く耳を傾ける。鶏すきは生卵にとても合うだろう。冬子はすき焼き談議が楽しくなってきた。

さっきまでこの世の終わりみたいな気分だったくせに、現金な自分にあきれてしまう。人間食べれば元気が出るというのは本当だ。募金の話を聞かされたことも、大きいだろうけれど。

「綿さんの家は、豚肉のすき焼きだったんだろう?」

ちょうどシメの具材を運んで来た作業服姿の男性に、半下石先生は話しかけた。

「はい。親が北海道の出なんです。子供のころはそれがあたり前だったので、高校生になって友人と話したときは、驚いたものです」

みんながうなずく。ひと口にすき焼きといっても、本当にいろいろだ。

「半下石先生のお宅は?」

いい色に染まったしらたきを食み、松島さんが問うた。

「私の家は関東風のごく普通のすき焼きだった。まさに今、みなさんが食べているものだよ。ただ死んだ女房は割り下を必ず手作りした。この味は私の女房の味だ。五年経った今でも忘れることはない。ひとり身になった今では、すき焼きなどしないがね」

半下石先生はそう言って、遠くを見つめた。奥さんのことを思い出したのだろう。菜箸の動きが急に止まり、ぐつぐつと煮える鍋の音が部屋に響く。やはり妻のいない寂しさは、なかなか癒えないのだ。冬子は思わずうつむく。

まだシェフは動く気配がない。焼き豆腐が煮汁の中で踊り続けている。

「……奥さまの味、とてもおいしいです」

「ほんとに。うちの女房は出来合いしか使わないから、手製ってだけでうらやましいのに、こんなうまいものが毎日食えたなんて、先生は果報者でしたね」

ちょっと不安になったらしい年配組が口々に慰めにかかると、半下石シェフは「さすがにすき焼きは毎日食わんよ」と否定し、またスイッチが入ったように動き始めた。

「藤原さんの家は、どんなすき焼きだったんだい？」

何事もなかったかのように、明るい声でシェフに問われた。とたん、冬子の頭の中に三輪先生との食卓が広がった。

三輪先生のマンション。リビングルームの四角いこたつテーブルの上。上等のカセットコンロを使い、すき焼きをした。あのとき、先生がすき焼き鍋を持っていないことに気づき、慌ててふたりで買いに行ったっけ。……ということは、あの部屋で姉川さんとは、すき焼きをしていなかったのか。先生はあのマンションに、十年以上も暮らしていたのに。

冬子の心に、あかりが灯った。

「私はタケノコを入れるのが好きです」

タケノコは先生が医学生時代、先輩の部屋で食べて以来ハマったと言っていた。コリコリした歯ごたえの甘じょっぱいタケノコは、やはり旬の春先に味わうべき具材だと、珍しく力説されたことを思い出す。

「でもシメは、餅巾着でないといけません」

先生のお母さんはいつも、一パック三つ入りの餅巾着を買って来て、最後に入れたらしい。うまみたっぷりの煮汁を十分に吸った油揚げと、トロけるほど軟らかな餅は、三輪少年の好物となり、そして冬子のすき焼きの具材に加わった。

「袋はいくつ？」

三つの餅巾着のうち、いくつ食べるかと、お母さんは問うた。その度三輪少年は「ひとつ」と応えた。餅巾着好きのお母さんに、ふたつ食べさせたかったからだ。けれどお母さんは、三輪少年の取り皿に必ず餅巾着をふたつ入れたと聞かされた。

もし子供が生まれて大きくなったら、シメの餅巾着はいくつ食べるか聞いてやろうと思っていた。正月のお雑煮に、餅をいくつ入れるかたずねるように。これがわが家のすき焼きだよ。そんな風に父親の少年時代の思い出を、子供に受け継いでゆきたい。冬子はそんなことを夢見ていた。

「ただのお餅を入れるのは聞いたことがあるけど、餅巾着は珍しいわね」

「三輪先生に教えてもらいました。やってみたら、とてもおいしかったんです」

そこで越谷さんは、なにかを感じたようだ。ハッとしたような顔になり、そして笑顔を作り直して、グラスの水をひと口飲んだ。

女性ならではの勘が働いたのかもしれない。少なくとも、冬子が三輪先生を好きだったことは気づかれたろう。

でもかまわない。やましいことはない。自分の愛した先生は、誠実に職務に当たり、患者に慕われ、人の命と自分の命を引き換えにこの世を去った。冬子が目にし、話し、触れた三輪先生がすべてだ。それが本当の先生だ。

手作りしてくれたらしい、大きく立派な餅巾着が三つ、すき焼き鍋の中で煮こまれている。十分に煮汁を吸い、油揚げの袋はふっくらと膨らんでいる。

「やさしい先生だったからなあ。患者を急かさず、包容力があった。餅巾着みたいにどっしり落ち着いてた」

「そうね。ちょっと顔も似てたかもね」

しみじみとつぶやいた松島さんに、越谷さんが返した。冬子は思わず小さく吹き出す。確かに三輪先生の顔は、少ししもぶくれ系だった。

「募金のこと、どうしましょうか？」

「やっぱり……三輪先生を偲ぶ会を開催して、先生の思い出を語り合いたいわ」

「そうだね。それが一番の供養になると、私も思う。お医者さんや看護師さんたちも、来てくれるかな？」

「もちろんです。少なくともB7のスタッフは、全員参加したがると思います」

力強く冬子が応えると、半下石先生は満足そうな顔で、「さあ食べごろだ」と、重たげな餅巾着をひとつ、菜箸でつまみ上げた。

食事が終わり、サンルームの白いクリスマスローズを窓から眺めていると、半下石先生がそばにやって来た。越谷さんと松島さんは今後について、まだテーブルで話している。

「あのクランケは、病院に手紙をよこしたんだよ」

偉い先生からの情報は、川田さんのことだった。

「バカなことをしたと、とても後悔していた。そして三輪君に大変感謝していた。せっかく助けてもらった命を大切にするとも、書かれていたよ」

冬子の胸に温かいものが染みてゆく。

よかった。川田さんは懸命に生きているようだ。

よし。

これからうんと働いて、また恋をしよう。そして将来、できるだけたくさん子供を産んでやろう。先生の分まで幸せになるのだ。

赤いポインセチアを見ながら、冬子は自分に言い聞かせる。本当はまだそんな気になれないけれど、いつかきっと、そう思える日が来ると信じよう。

「手紙が来たことを、B7スタッフに是非伝えようと進言したんだがね。院長も看護部長も、余計なことをするな、そっとしておけの一点張りだ。私は悔しい。彼女の気持ちが伝わらないことが。どうだろう。君の口から、感謝しているらしいと、それとなくスタッフに噂を流してもらえないかい？」

「いいえ、先生。噂はよくありません。私だけの胸にしまっておきます」

微妙な提案に冬子が目を剝くと、名誉院長は子供のように唇を尖らせた。

第三話

人生はオッソブーコ

「あの作品のどこが悪いのか、言ってみなさいよ！」

おば・多々羅優子は対面の山本編集長に、にじり寄る。ピンクの花柄ジャケットに黒いパンツ、茶色いボブヘアで大きなサングラスをかけた優子の姿は、まるでどこかの芸能人のようである。

「悪いところなんてあるわけがない！　あれは大変すばらしい作品になること、請け合いです。ただ我々は、いけなかさんのお身体が本調子でない気がして、心配なんです」

「だからそれは、大丈夫だって言ってるじゃないの。ケホッ」

優子こと「いけなかちゅうこ」の担当編集者・井坂と、月刊ふらここの編集長は、大げさなくらい首を横に振っている。もう二時間が経つけれど、話し合いは堂々巡りだ。

都心にそびえ建つ瀟洒なビルの応接室。スーツでない、いかにも業界人らしい男性ふたりを目の前に、下島益人は優子の隣で緊張しながら鎮座している。優子とは実質一週間前に初めて会ったばかりなのに、いきなり丁々発止の場に連れて来られた。

「こう言っちゃなんですが、今回のタイアップのこともあるし、先月も絵本を出したばかりだし、収入のご心配はないでしょうから、そんなに急がなくても……」

「絵本は過去作品の二番煎じ。私は新作を出したいの！　ケホ」

そこで優子は、益人に視線をよこした。「お前もなにか言え」の合図だ。

「お、おばはこの通り、とても元気なんです。だから連載なんて朝飯前。もう元気過ぎちゃって、昨夜は焼肉、今日なんて朝からカツオのたたきなんか食っちゃってんですよ」

「はは。いけなか先生は、グルメでらっしゃるから」

編集長と井坂は乾いた笑いで一瞬だけ益人を見たが、すぐに優子に視線を戻した。

「じゃあ、なに？　連載するのに、医者の診断書が必要なの？」

「診断書なんてとんでもない。マンガ家は作品が命。お身体の状態は関係ありません」

「じゃあダメな理由はなに？　要するに私はお払い箱ってこと？　ケホ」

「お払い箱だなんて人聞きの悪い。いけなかさんには感謝こそすれ、うしろ足で砂をかけるようなマネなどするはずがありません」

優子の咳が止まらなくなった。益人は仕方なくその背中をさする。意外と厚い肉に食いこむブラジャーのベルトを、手のひらに感じる。右の乳房は全部取ってあるらしいが、どんなパットが入っているのだろう。

「……ほんとに大丈夫ですか？」

「だから、風邪だって、言ってるでしょ！」

編集長の気遣いを一蹴し、優子はわざとらしく、応接テーブルを左の握りこぶしで叩いた。すると勢いあまってカツラがずれ、前髪が優子の片目に少しかかった。なんと間の悪い。

「おばは、連載前に気合い入れるために丸刈りにして、風邪を引いただけなんです！」

慌ててフォローした益人に、三人の視線が注がれた。優子は露骨に眉をひそめている。

「……お気持ちはよくわかりました。少し考えさせて下さいますか」

結局編集長はそう言った。井坂は「ミルキー・ストローさんと『黒魔術☆サンフラワー姉妹』のタイアップの件は、話を進めておきますね」と落ち着いた声でまとめ、鼻からため息を吐いた。

「あんた、バカなの？　ウィッグだからって、別にハゲてるとは限らないでしょ。ケホ」

出版社からの帰りの車の中。ＢＭＷ３２０ｉのハンドルを握る優子に、益人は叱られた。

「ごめん、ごめん。でも連載はさせてもらえそうだし、結果オーライってことで、許してよ」

助手席で益人は調子よく謝る。とりあえず自分の役目が終わって、ホッとしていた。

「あれは当てになんないわ」

「でもすごいね。広告にちょっとイラストが使われるだけで、三百万ももらえるなんてさ」

「あんな昔のマンガ、いつまで使う気よ。ったく」

優子はその道二十五年の少女マンガ家だ。その作風はホラーとギャグが入り乱れたシュールな恋愛もので、益人にはイマイチ理解ができない。よって最後まで読んだ作品はひとつとしてないのだが、過去二作品が映像化されており、ローカルメーカーとはいえ、キャラクターが乳酸菌飲料の広告に使われるのだから、まだ人気はあるのだろう。

と、益人の膝の上に、白い封筒が投げられた。遠慮がちに中をのぞいてみると、万札が二枚入っている。今日付き添ったことへのお駄賃らしい。

「いいの？　こんなにたくさん」

梅雨の晴れ間の太陽が、前方から照りつけている。メタリックブルーのボンネットに太陽が反射し、目にまぶしい。

「いやー、あんなんでよかったら、いつでもどうぞって感じだよー」

この分だと、思ったより早く完済できるかもしれない。益人がほくそ笑むと、車体が大きく右に傾いた。優子はハンドルを乱暴に切り返し、交差点を無理やり曲がった。

「……っぶねー」

ウインカーも出さなかったので、タクシーがけたたましくクラクションを鳴らしている。

それをルームミラー越しに見送り、優子は車のスピードを上げた。抗ガン剤の副作用で両手はしびれているらしいが、このハンドルさばきはその影響だけではない気がする。

「あの咳止め、ちっとも、効かない！」

また何度か咳をして、優子は急ブレーキを踏み、赤信号の手前で車を急停止させた。

「やっぱ疲れる。益人、あんた、運転しなさい」

「え、無理無理。俺、免許持ってないし」

「まったく使えない子ね。明日から教習所に行きなさい。費用は出してあげるから」

そうまでして自分を手元に置きたいのか。驚くべき申し出に戸惑いつつ、おばからまだまだ金が抜けると、益人は確信を深めた。

益人の母の妹・優子は、益人がもの心ついたときには、すでに多忙だったらしい。そのため益人には、おばとの思い出がほとんどない。一緒に写っている写真も、乳飲み子の益人を膝に抱いた優子とのものが、実家に一枚あるだけだ。

優子の見舞いに行けと、荒川の母から電話がかかってきたとき、益人は正直気乗りしなかった。ほとんど付き合いがなかったし、妙なマンガを描く変人と思っていたからだ。

優子は子供のころから家族になじまず、十七歳で高校を中退、家をとび出したと、母から聞いていた。思うに、母や祖父母の生真面目さと、伝え聞く優子のエキセントリックな気性は合わなかったのだろう。

優子は親戚の結婚式も多忙を理由に欠席し、長年実家にも顔を出さなかった。益人の祖父、優子の実父が亡くなったときも、優子は葬儀には参列したが、しめ切りを口実に早々に退席した。「なんと薄情な娘か」と、親戚のおじさんが嘆いていたのを、中学生だった益人も憶えている。母は怒り、そして悲しそうに首を振っていた。

そんな優子が急に母に連絡をよこしたのは、ほんの十日前のことだ。家族に会いたいと主治医に言われ、仕方なく唯一のきょうだいである姉を頼ったのだ。

自分より九つも若い四十四歳の妹が乳ガンと知った母は、ずいぶんショックを受けていた。二年半も前から闘病中、ガンは肺と肝臓に転移したというのだから、驚くのも無理はないのかもしれない。「できるだけ力になる」と伝えた母に、「治療すればしばらく保つ。貴ちゃんは医者の話だけ聞いてくれればいい」と、優子は言い放ったという。

そこで母は、益人に話を振ってきた。長年疎遠だった姉に対し、妹は今さら素直になれないのだろうと。母自身、優子とどう接していいのか、わからない様子でもあった。

「独身の優子はもう子供も産めない。唯一の甥の存在は、なぐさめになるはず。一度会いに行ってやって」。

「若くして乳ガン」と、悲劇のヒロインのごとく、女子たちが世間に告白しているけれど、男で、しかも二十四歳の益人には、ほとんど興味は持てなかった。だが言うことを聞かないと、今度こそ親に見捨てられる。益人は渋々ながら、優子を病院に見舞った。

優子は十年ぶりの甥との再会を喜ぶどころか、横柄な態度で使い走りを命じてきた。渋々使われたら、予想外の駄賃が得られた。入院中は約二千円の買いものに渡された一万円のお釣りがそっくり懐に入ったし、退院の日に自宅まで荷物持ちをしたら、一万円のチップをもらった。今日は出版社について行っただけで二万円だ。こんなに割のいいバイトはない。

母の言う通り、ガンで心細くなったおばは、肉親の情に飢えているのだ。世の中には素直に甘えられない人間がいる。感謝の気持ちは現金で。結構なことじゃないか。

すっかり味を占めた益人は、以来優子の腰巾着となり、パシリに勤しんでいる。

「お。十万円？」

東池袋のビルのはざまにある小さな公園で、西本は驚いたように言った。いつもは多くても六万くらいしか返済しなかったのだから、当然の反応だろう。

「どうした？　ボロいバイトでも見つかったか？」

西本は小さなビジネスホテルで働いていたころの、ふたつ上の先輩だ。面倒見のいい人で、恩人といっていいくらい世話になっている。

「実はですね」

アイコスをくわえた西本に、益人は優子について簡単に説明した。公園内は禁煙だが、向こうの木陰では本物の紫煙をくゆらせるヤツがおり、子供はひとりも遊んでいない。

「すげーじゃん。そんな金持ちのおばさんがいるなんて。お前、なんで今まで黙ってた？」

「全然付き合いなかったんで。俺、少女マンガ読まないし、興味ないですし」

「じゃあいっそのこと、おばさんに百万出してもらえよ。いい加減、スッキリしたいだろ」

西本はニヤけた口から、薄い煙を吐き出す。無精髭（びしょうひげ）がこけた頬（ほお）に似合っている。

「そうしたいとこっすけど、いきなりは露骨っすよね」

さすがにそこまで図々（ずうずう）しくはできない。いくら親戚でも担保なく大金を借りるには、相当信用してもらわないと難しいだろう。

「ま、そうだな。嫌われて縁切りされたら、元も子もねえしな」

「すんません。西本さんには面倒かけっぱなしで、申しわけないと思ってるんすけど」

「まあ、こっちはなんとかするよ。それより、これからどうよ？」

牌（ハイ）をツモるジェスチャーをした西本に、益人は心底残念に思う。卓を囲みたいのは山々だが、教習所をサボると損をする。

「すんません。今日はちょっと……」

最短時間数で運転免許を取れと、優子に目標設定されている。目標日に無事免許が取れれば、プラスご祝儀。ダメなら教習所代は自己負担になる上、免許取得が一日延びるごとに、ペナルティとして一万円が課せられる。まるで役満アガるか、それに自分が振りこんじまうかみたいな話だが、金は払うより、もらった方がいいに決まっている。

「ああ、これからバイトか。がんばれよ」

ペコペコと頭を下げる益人の胸を、西本は手の甲でポンと叩いた。

高校生のころ覚えた麻雀(マージャン)に、益人は就職してからのめりこんだ。やがて普通の雀荘(ジャンそう)ではもの足りなくなり、少しレートの高い場に、足を踏み入れるようになった。高レベルの戦いにしびれ、足繁く通っているうち、ある日とうとう大負けした。

親にはかなりの金を立て替えてもらっていたので、それ以上は頼めなかった。カードローンも限度額いっぱいだったし、消費者金融も「今の融資を先に返済しろ」と、つれなかった。

やむなく西本の知り合いに紹介してもらった金貸しから、七十万円を借りた。ほかと合わせると借金は百万を超えてしまい、益人は焦った。気持ちをあらため、麻雀で取り返そうとしたが、焦るせいかうまくいかなかった。バイトも増やしたが、金利が高くて元本は減らない。まさに自転車操業だった。

金貸しからの催促電話やアパート訪問、バイト漬けで、益人はノイローゼ気味になった。

やはり闇金はキビしい。アパート代を払うのも苦しくなり、実家に戻ろうとしたが、拒否されてしまった。

悩む益人を見かねて、西本がうまく間に入ってくれた。返済交渉も西本とすればよくなり、金の受け渡し役も担ってくれるようになった。西本は救世主だ。

気持ちが落ち着き、益人はまた少しずつ、麻雀に勝てるようになった。と言っても、その辺の雀荘ではせいぜい二千円、よくて五千円浮きの、ささやかなものだ。

おばの見舞いに行くよう母に言われたのは、そんな矢先だった。ツキが回ってきたと直感した益人は、三つのバイトを速攻で辞めた。

出版社へ行った三日後、教習所のあと、益人は星空病院に向かった。外来化学療法室にいる優子をたずねる。周囲には患者が何人もいるようで、使用中のベッドがカーテンで囲われている。

「はい。うな重の上、買って来たよ」

優子はベッドの上に足を投げ出し、座って点滴を受けていた。益人はデパ地下で買った食事を紙袋から取り出す。

「益人は昼食を食べたの？」

「俺もこれから」

コンビニで購入したミックスフライ弁当と焼きそばパンを掲げてみせると、「そんなものの食べないで、これからは私と同じものを買いなさい」と、優子はうんざりした顔で、立て替えた二万円をくれた。釣銭がなるべく多くなるよう、自分の食事は安く上げていたが、これからはそうしなくてもいいようだ。ほくそ笑み、益人は優子のベッドの足元の方に腰かけた。

「失礼します」

と、看護師がカーテンを開けて顔をのぞかせた。ベテラン然としたショートカットの女性だ。ふたりのランチが始まろうとしている様子に、かすかに嫌な顔をした。

「すみません。ちょっとにおいのキツい食べものは、遠慮していただきたいんですが」

益人が慌ててコンビニ弁当の透明なふたを閉めると、優子はマイフォークの上にうなぎを載せて、言い返した。

「これから抗ガン剤だから、今日の勝負メシを食べるんだけど」

もっともらしい言いわけだが、優子は毎日「勝負メシ」を食っている。ガン患者にとっては「毎日が勝負」という意味だろう。

「ここで召し上がられると、ほかの患者さんが迷惑するんですよね」

優子の態度に、看護師は少し語気を強めた。ひと口に抗ガン剤と言っても、すぐに吐き気の出る薬もあれば、ほとんど食欲に影響しないのもあるらしい。前者を点滴している患者はたまったもんじゃないだろう。大きな部屋だが、ベッド間はカーテンで仕切られているだけなのだ。

「多々羅さん、少しは周りに配慮ある行動をお願いします」

「少しは、ってどういう意味？　少しはって。いつも私が、少しも他人に配慮のない行動をしてるって意味？」

「そういう意味ではありませんけど」

「じゃあ、どういう意味よ！」

「勝負メシだかなんだか知りませんけど、とにかくここで食べるのはやめてください」

なんでこんなところでけんかを……。激高する優子と、顔を真っ赤にさせた看護師の間で、益人はオロオロするばかりだ。

「どうしたんだい。大きな声出して」

そのとき、小柄な男の医者が看護師の背後から現れた。益人は思わず弁当を手に立ち上がる。

優子の主治医だろうか。しかし優子はジジイ医者を凝視し、訝(いぶか)しげな表情を浮かべている。

「昼メシくらい、食べさせてやりなさいよ。食事は人間の生きる糧じゃないか」

「食べるのはかまわないですよ。おにぎりとかサンドイッチとか、おとなしいものなら。

でも、強くにおうものはやめてほしいんです」

医者の登場に、自然と奥へ進んだ看護師は、点滴を見ながら気まずそうに応えた。

「ああ、うなぎね」

優子の膝の上をマジマジと見て、医者はため息を吐いた。

「抗ガン剤は『毒をもって毒を制す』治療だからねえ。昔の外科医は手術でバッサリ切っちまったら、ほかの力は借りなかったもんだ。今じゃほんのちょこっとしか切らずに、あとは薬に頼りきりだ。そんなんで真の外科治療と言えるのかねえ。あなたもこんな毒薬を使わず、バッサリ切ってハイ終わり、にしたかっただろう?」

なんだそりゃ。医者のくせに、なにを言うのか。

「まったくです。バッサリ切ったのに、ハイ終わり、にならなかったから、損した気分です」

しかし優子は、医者に同意した。しかも声には愉快そうなものが混じっている。

「半下石先生！　患者さんの前で変なこと言わないでください。ここはその抗ガン剤を投与する場所ですよ。それに抗ガン剤は毒ではありません。誤解を招くような言動は、厳に慎んでいただかないと困ります！」

「ああ、失敬。年のせいかねえ。時代に取り残された老いぼれ医者は、日ごろ思ってることが、つい口に出てしまう」

看護師に叱られ、半下石という医者は毛のない頭をかきかき、肩をすくめた。芸人みたいな仕草に、優子の口元はすっかり緩んでいる。

「なんだ、バッサリ切ったのに、こんなことしとるのか……。それはともかく。あなた、せっかくの勝負メシだ。もっと雰囲気のいいところで食べなさい」

「病院の中にそんな場所、あります？」

半ば挑むように、優子は半下石先生にたずねる。

「あるんだよ、それが。キッチン花ってところだ。来たまえ。すぐそこ、別館四階だから」

「名誉院長！　患者さんを勝手に連れ出さないでください。点滴の管理ができなくなります」

「しょうがないわね。じゃ、半下石名誉院長。抗ガン剤が終わって、二時間の点滴に切り替わったら、そこで食べることにするわ」

そこで優子はうな重のふたを閉め、紙袋の中に容器を戻した。看護師は軽く目を見張り、驚いている。ついさっきまで「意地でもここで食ってやる」の勢いだった優子だが、ハゲ医者の顔を立てようと思ったのか（にしても名誉院長とは驚きだ）、矛を収めた。

「名誉院長、この子も連れて行っていい？　私の甥なの」

「かまわんよ。君、腹が減っとるだろうが、もう少しがまんして、あとでおばさんと一緒に来なさい。正面玄関の対面の四階建てが別館だ」

「大丈夫よ、先生。この子、お小遣いほしさに、絶対ついて来るから」

「なんだ。いい年して君は、おばさんに小遣いもらってるのかい」

「……へへ。なかなか乳離れができなくて」

一瞬ムッとした益人だったが、おばの機嫌を損ねたくはない。おどけて優子に調子を合わせてみせたが、ちょっと不謹慎なネタだったかもしれない。


抗ガン剤治療を終え、キッチン花で昼食を食べ終えたふたりは、優子の運転する車で、優子の自宅に戻った。

「優子ちゃん、大丈夫?」

帰るやいなや、優子はリビングのソファに突っぷしてしまった。今日の薬を点滴されるのは二回目らしいが、だいぶ身体にこたえたようだ。

「……大丈夫。ちょっとはしゃぎ過ぎただけ」

キッチン花とは、なんのことはない、観葉植物や額縁入りの絵で飾っただけの、病院の会議室だった。丸テーブルの上には花が飾ってあったが、もっとしゃれたカフェ風空間を想像していた益人は、拍子抜けしてしまった。それでも優子は気に入った様子で、花や緑に目を細めながら、レンチンしてもらったような重を食べていた。

「あの名誉院長、面白いわ」

優子と半下石先生は、妙に盛り上がっていた。医者が、モニター画面を見ながら腹の脇(わき)から突っこんだ細い棒でやる昨今流行(はや)りの手術は、テレビゲームのようで邪道だと嘆くと、優子は優子で、最近のマンガ家はデジタルソフトで絵を描くから、建物や自動車の写真トレースが正確過ぎ、コピーも簡単、スクリーントーンも苦労なく貼(は)れ、その画一的作画には「味」がないと応じていた。ふたりは「私たちは旧石器時代の遺物」と自嘲(じちょう)していたが、自らの過去の実績や手法には相当プライドを持っており、最後にはよくある、最近の若者はダメ理論が展開された。

「次の治療日が楽しみだわ」

実はキッチン花は、選ばれし客だけが食べることのできる特別なレストランだった。客のリクエストした料理ならなんでも作ると聞いた優子は、名誉院長兼シェフの半下石先生に、オッソブーコなる料理を注文した。なんでも優子の「人生の勝負メシ」とかで、二十四歳のころに食べて以来、口にしていないらしい。イタリアの仔牛(こうし)のすね肉料理だというが、益人は初耳だった。

「優子ちゃんって、ほんとにグルメなんだね」

こんな状態になっても、貪欲(どんよく)に食べたがる優子に、あらためて益人は感心する。

実は優子の右腕は、不自然に浮腫(むく)んでいるのだ。いつもは長袖(ながそで)に隠れて目立たないけれど、肘も九十度くらいしか曲げられない。そんな身体なのに食欲があるなんて。今まで病人らしい病人を見たことのなかった益人には、驚くほかない。

「食は仕事の原動力なの。おいしいものを食べたいがために、私はがんばってきたのよ」

そう言うと、優子は身動きしなくなった。どうやら、そのまま眠ってしまったようだ。

もう退散してもいいころだが、今日はまだ、一万五千五百七十五円しか手にしていない。夕方教習所にまた行く予定なので、雀荘で時間をつぶしたいところではあるが。

ソファの上にあったブランケットを優子の身体にかけ、益人は家の中を物色することにした。この家に来るのは二回目だが、前回はリビングと一階のトイレにしか入ることができなかったのだ。

練馬駅から少し離れた、おしゃれな一軒家だ。コートハウスというらしい。こんな広い家に、優子はひとりで暮らしている。

一階は玄関と風呂とトイレだ。二階のリビングルームに入る手前、ちょうど玄関の真上が仕事部屋で、本棚や五つばかりのデスクが置かれている。

建物中央に位置する広いリビングルームを、あらためて見やる。ガラスの小窓のついた小さな暖炉に、緩く弧を描く長い桃色のソファ。その上で優子は寝息を立てている。

暖炉の奥隣のラウンド型キッチンのある部屋に入った。ガスコンロは四つもあり、大きなワインクーラーも置いてある。実家の台所では見たことのない、プロ仕様の調理道具が並んでいる。優子は本格的な料理をするらしい。

「でもあの腕じゃ、ちゃんとした料理はできないよな」

金属バーにかけられたレードルを指で突き、益人はキッチンを出た。

そういえば、咳が聞こえない。新しくもらった咳止めが効いたらしい。

二階のトイレの隣にある寝室に、そっと入った。

十畳ほどの洋室の真ん中に大きなベッドがあった。リビング同様、どことなく少女趣味な部屋だ。ピンクのベッドカバーに、ピラピラしたレースのカーテン。壁際に置かれた腰高のサイドボードには、リアルな西洋人形や日本人形、そして小さいけれど、悪魔と思われる様々なフィギュアが何体も並んでいた。

「うわ」

不気味な人形たちに引いたとき、白い写真たてが目に留まった。中に入っているのは、実家で目にした、幼い益人を不機嫌そうに抱いた優子の写真だった。

どうしてこの写真を飾っているのか。特に優子の写りがいいわけでもない。

もしかしたら、ほかの写真は隠したのかもしれない。益人がこの家に出入りし始めたので、甥を感激させようと思ったとか。なんといっても病人の付き添いだ。金の力だけで飼いならすのは、限界があると考えたのでは。

そう疑い、サイドボードの引き出しの一段目を開けてみると、アクセサリーや小ものに追いやられるように、白い封筒が入っていた。男文字で書かれた差出人名は、山下のおじさんの名だった。母と優子のいとこで、不動産業を営む、声のデカい男である。

あのオヤジ、手紙なんか書くのか。

繊細さが一ミリも感じられない男の姿を思い浮かべ、いけないと思いつつ、益人は封筒から便箋を取り出した。

縦書きの、意外にきれいな字でつづられていた内容は、なんと借金の申しこみだった。手紙によると、優子に電話もかけているらしい。とにかく一度会ってほしいと、何度も繰り返し書かれている。日付は二週間ほど前だ。

「あの会社、そんなに危ないのか」

優子は金を貸したのだろうか。祖父の葬儀のとき、優子をなじっていた姿を思い出し、山下の図々しさに不快なものを覚えた。金がほしいなら、俺みたいに気ぃ遣えよ。相手は病人なんだからさ。山下が乳ガンのことを知らないのを承知で、益人はそう思った。

手紙を元へ戻し、三階の書斎へ上がろうとすると、玄関チャイムが鳴った。

忍び足でリビングに戻り、ソファの上の優子をうかがう。おばはかすかに首を動かしただけで、まだ夢の中のようだ。

インターフォンの受話器を取ると、若めの女性の姿が白黒画面に映し出された。

「どちら様ですか？」

「あれ？　いけなか先生は？」

「えー、先生は今、倒れてます」

話のわかりそうな女性の雰囲気に、益人はついそう応えた。

「嘘っ。誰だか知らないけど、開けてください。毛利です」

益人はうしろを振り返った。いつのまにか優子はソファの上で仰向けになっており、目も開いていた。

「毛利ちゃん。私のアシスタント」

「おっと。じゃ、入ってもらうね」

益人は機嫌を取るように言い、U字型の階段を駆け降りた。寝室を物色したことに、気づかれていなければいいのだが。

「いけなか先生、大丈夫ですか？」

ドアが開くや否や、動揺したように、毛利は中に入って来た。

「さっきのは冗談です。ちゃんと生きてて、二階にいます」

毛利は丸眼鏡の奥にある、これまた丸い目で益人をにらみつけてきた。この人はいい人らしい。「すんません」と、益人は素直に謝る。

「甥なんていたんだ。ちゅうこ先生」

「聞いたことなかったっすか？」

「お姉さんがいるのは知ってたけど、甥の話なんて、全然」

やはり寝室の写真は、取ってつけたように準備したのだろう。優子と自分は利害関係が一致している。益人は自分のうしろめたさをごまかすよう、そう考えた。

ふたりでリビングに入ると、優子はソファに悠然と腰かけていた。

「毛利ちゃん、久しぶりじゃない。どうしたの？」

「忘れものを取りに来たんです」

毛利はやっと納得したようだ。無事だと聞かされても、優子の姿を見るまで納得できなかったのだろう。

「最近体調、いかがですか？」

「大丈夫。全然平気。どうしてみんな、そんなに言うのかしらね」

優雅に微笑み、優子は足を組み替えた。さっきまでぐったりしていたのが嘘のようだ。

「そうそう、この間ね、この子と一緒に編集部に行って来たの。間もなく連載が始まると思うから、またよろしくね」

優子はアシスタントにも、病気のことを隠しているらしい。

「そうなんですか？　じゃあ、また忙しくなりますね。……あの、実は私も、月刊ふらここで連載が決まったんです。今日はそれを言おうと思って来たんです」

「おめでとう。よかったじゃない。何月号から？　前に私に見せたネームが通ったの？」

毛利の報告に、声をひときわ大きくし、優子は左手でカツラの毛先をいじりだした。なんとなく動揺しているのがわかる。

「あ、あれです。担当さんのアドバイスで、だいぶ変えましたけど。九月号から掲載されます」

「あらそう」

優子はがっかりしたように応じ、「あなた程度で連載なんて、あの雑誌もレベルが下がってるってことかしらね」と、つぶやくようにつけ足した。

毛利は笑顔をひきつらせている。あまりの言い草に、益人も言葉を失う。自分のアシスタントに、そしてマジで身体を心配してくれている人に、なんて言い草だ。

「じゃ、アシは無理ね。いいわ、大丈夫。千田(せんだ)ちゃんも谷(たに)さんもいるし。そうそう、この益人もマンガ家志望でね。今度アシスタントさせようと思ってるの」

「え」

驚きのあまり、益人の声は濁ってしまった。もちろん、そんなことを言った憶えはない。

「じゃ、またね。私これから、夜のディズニーシーまで取材に出かけるから」

「……わかりました。おじゃましました」

毛利は短くあいさつをし、リビングルームから出て行った。仕事場の忘れものをバッグに入れ、そそくさと階段を降りて行く彼女を、益人は追いかける。

「あの、俺、別にマンガ家志望とかじゃ、ないっすから」

玄関ドアの外まで見送り、ひと言添えた。優子の代わりに謝ろうかと思っていたが、スムーズに言葉が出てこなかった。自分の立場で謝罪すべきかどうかも、わかりかねた。

「いけなか先生の連載、本当に始まるんですか？」

益人の話をスルーし、毛利はキツい口調でたずねてきた。相当ムカついているのだろう。

「編集長は、考えとくって言ってましたけど……」

「先生くらいのクラスになると、考えとくなんて言い方されないよ。井坂さんも、そんなこと言ってなかった」

なるほど。だから優子は帰りの車の中で、連載開始を信じていない風だったのか。

「いけなか先生、ほんとはガンなんでしょう？」

「よく知らないんすけど……」

本人が隠しているのに、ペラペラとしゃべるわけにはいかない。

「先生、人に弱みを見せたくないタイプだから、編集部にも黙ってるみたいだけど、本当はみんな、知ってるんだよね」

「あ、弱みを見せたくないってのは、わかる。実の姉にもそうだし」

益人はヘラヘラしてみせたが、毛利はごまかされてくれない。少し考えるそぶりをして、意を決したように言ってきた。

「いけなか先生の連載がパッと決まらないのは、作品に魅力がないからだよ」

そうなのか？　てっきり病気を疑われて決まらないのだと思っていた。

「でも去年の春も、ふらここに連載してましたよね？」

「あれ、単行本も全然売れなかったのよ。連載中も読者人気投票、ずっと下の方だったし」

つまり優子は、落ち目のマンガ家ということか。

「だって、昔のマンガと全然違うもん。その前のもそう。身体悪くなる前から、もう別人の作品だよ。本人はデジタルを使えないことが不利みたいに言ってるけど、それは関係ない。デジタルでも手描きでも、面白いマンガは面白いもん。もう才能が出つくしたんだよ。みんな言ってる。ほかのアシもずっと毒舌に耐えてきたけど、メリットないから、もう辞めるって。編集部もこれまでのよしみでがまんしてたんだろうけど、あれが外れて見切ったのよ」

まるで優子に仕返しでもするように、毛利は並べ立てる。キレてしまったのかもしれない。

「もう、いけなか先生は終わりだよ」

そこまで言うか。益人の心に火が点いた。

「あんたさ、さんざん世話になっといて、そういう言い方はないんじゃないの？」

　毛利の顔がこわばった。

「俺、優子ちゃんのマンガ、正直よくわからんけど、それを手伝って、教えてもらったから、あんたも連載できんじゃないの？」

　毛利は苦虫を嚙みつぶしたような顔をしている。いろいろ口走ってしまい、後悔しているのだろう。しかしこっちも、身内の悪口は容認できない。

「私、先生のファンだから、復活してほしくて……。だから身体治して、昔みたいな作品、描いてほしくて……」

　語尾をにごした言いわけをし、毛利は門扉を少しだけ開けて身体を滑りこませ、逃げるように去って行った。

「毛利ちゃん、『いけなかちゅうこの才能は枯渇した。これからは私のような新しい才能の時代だ』って言ってた？」

　益人がリビングルームに戻ると、窓辺に立ったまま、優子はたずねてきた。どうやら窓から、立ち話していた益人らを眺めていたらしい。

「……アシスタントしろって言われたからさ、どんなことすればいいのか聞いてたの。俺、中学の美術の成績1だったし」

「ふん。で、毛利ちゃん、なんて答えたのよ？」

言葉に詰まる。人間余計な嘘はつくもんじゃない。

「……今の嘘。ほんとは優子ちゃんが想像した通りの話、された」

ここでごまかすと、優子が余計にみじめになる。ディズニーシーに行くというのも、毛利をさっさと追い返すための口実だとわかっている。

「で、あんたは、なんて言ったの？」

「いけなかちゅうこは終わってない、てめえいい加減にしろ、って言っといた」

優子は背中で返事を聞き、そのまま窓の外を見ている。

益人の脳裏に、優子から周囲がどんどん離れていくイメージが浮かんだ。状況は異なるけれど、友人たちからの借金を踏み倒し、見放された自分の姿と重なった。

「益人。今日教習所が終わったら、うちに帰って来なさい」

おもむろに優子が言った。

「七時に終わったら、すぐに来なさい。夕食も一緒に食べるのよ。明日の朝、鹿浜(しかはま)からここに来ること考えたら、泊まった方が楽でしょ」

今日こそ雀荘に行こうと思っていた益人だったが、おばの命令にうなずかないわけにはいかなかった。

優子の家に泊まりこむようになって、約三週間。午後三時過ぎ、足りなくなった鎮痛剤を取りに、優子の代理で来院した益人が会計を待っていると、西本から電話がかかってきた。慌てて正面玄関まで走り、外でスマホの応答をする。

「益人。お前、金曜までに、七十五万用意できるか？」

西本の声は切羽詰まっている。さっきまでの小雨は本降りになったようで、病院前を歩く人々は傘をさしている。

「え？　七十五万？　急に無理っすよ、そんな大金」

「榊原さんがさ、今まで俺の顔に免じてやってたけど、もうダメだって。一気に返済しなきゃ、債権、ヤクザに売るって言ってる」

「西本さん、俺に任せろって言ったじゃないっすか。ヤクザになんて……七十五万全額って、泥棒でもしないと無理っすよ」

「勘弁してやってくれって、俺も頼んだんだけど、今回はちょっと無理そうなんだよ。いろいろ重なって、榊原さんも厳しいらしくて」

背筋が凍りついたように、冷たくなった。困惑する益人の姿が見えるかのように、西本は少し声色を甘くした。

「やっぱさ、おばさんに頼めよ。お前今、おばさんちに居候してるそうじゃねえか。かわいい甥っ子のためなら、金出してくれるんじゃね？　この際一気に、借金片づけちゃえよ」

優子の家に泊まっていることを、誰かに話した憶えはない。西本とのＬＩＮＥにも、書いたことはない。いったいどこから、聞きつけたのだろう。

「もうすっきりしようぜ。その方が心置きなく麻雀できるだろ。お前、最近どこの雀荘にも顔出せてねえじゃん。介護もいいけど、そろそろ限界だろう。そうそう、いい場が立つトコ、見つけたんだ。腕の立つヤツがたくさんいて、お前、勉強になると思うよ」

足元を見透かしたように、西本は言ってくる。

優子の右腕は相変わらず浮腫んでおり、背中や腰の痛みを取る薬は、増えているようだ。それでも三階の書斎にこもり、朝から晩まで仕事をしている。ちゃんと曲がらない不自由な右腕で、どのくらい描けるのか疑問だが、アシスタントはやって来ないし、益人に手伝えとも言わない。

益人は毎日教習所に通い、家政婦まがいのことをして日銭を得ている。掃除はビジホ時代の研修が役立ち、洗濯は洗濯機と乾燥機がやってくれる。皿洗いもバイトでさんざんやったことだ。思ったより稼げていないが、外でバイトしていたころより、収入は多い。がんばったかいがあり、明日学科試験に受かれば、晴れて普通自動車運転免許（ＭＴ）も取得できる。

指が牌の感触を思い出している。スマホの麻雀ゲームでがまんすることにも飽きてきた。

「リアルで麻雀はしたいっすけど、そんな大金、おばさんがポンと出してくれるか、どうか……」

優子から信頼を得られた自信はある。一気に金を借りることができれば、この生活も終わる。免許も手にできるし、万々歳だ。

そのときふと、誰かが自分を見ているのに気づいた。太い柱の横に、あの半下石先生がうしろに手を回して立っている。今の会話を聞かれたかもしれない。

慌てて目をそらしたが、老医師の姿に、なぜだか今日までに優子と食べた「勝負メシ」の数々が頭に浮かび、会話に集中できなくなった。

パリパリの香ばしいピザ。分厚いカツサンド。スリランカの辛くないスパイシーカレー。外食もした。細いのにコシの強いざるそば。分厚い新鮮なシマアジの握り。パラパラのカニチャーハン。がっつく益人に、優子は「飢えた犬ね」とあきれながら目を細めていた。ざるそばを不自由な右手に握った箸で、ようやっと口に運ぶ優子に、益人は恥ずかしさより、人間の業の深さを感じた。

「また連絡します……」

それだけ伝え、電話を終えると、半下石先生が近づいてきた。

「やあ、こんにちは。マンガ家さんの調子はどうだい？」

「……まずまずです」

うわの空で応えた。もう優子に頼るほかないのだが、なにかが引っかかっている。

「明日は予定通り、キッチン花に来れそうかい？　こちらの仕こみは準備万端だが」

「……大丈夫だと思います。ちょっと痛いみたいですけど」

ニコニコとうなずくじいちゃん先生の顔を見ているうち、益人はひらめいた。優子の信頼するこの医者を味方につければ、うまくいくんじゃないか。

「あの、先生」

立ち去ろうとしていた半下石先生は、振り返った。

「信じてた人に、裏切られた経験はありますか？」

金策の言いわけをするつもりだったのに、なぜか口をついて出たのは、そんな質問だった。

「そりゃあるさ、君。いくらでも。山のように」

「そのとき、どうやって立ち直ったんですか？」

「ひどいヤツだとみんなに言いふらしているうちに、気がすむんだよ」

半下石先生はこともなげに、言った。

「……みんな、がいない場合は、どうしたらいいですか？」

「いない場合？　みんなが？　言いふらす相手が？　そりゃあ君、孤独にその仕打ちに耐えるしかないんじゃないかい？」

当然のように応えた医者の足元に、益人は思わずしゃがみこんだ。

翌朝六時過ぎ。二階の仕事部屋の隣、すっかり自室と化した和室に敷かれた布団の上で、益人は早々に目を覚ました。金のことが頭から離れず、よく眠れなかった。

キッチンで水を飲み、窓からどんよりした空を眺める。七月も半ばを過ぎたのに、まだ梅雨明け宣言はなされない。

優子の寝室の方へ行ってみると、出入り口のドアが開いていた。ベッドはもぬけの殻だ。一、二階に人の気配はない。

階段を上がり、三階の書斎のドアをノックすると、くぐもった声が聞こえた。

「優子ちゃん。ちょっと折り入って、頼みたいことがあるんだけど……」

ドアを開けると、優子は椅子に座ったまま、デスクに突っ伏していた。

「優子ちゃん」

「痛い」

書斎に入り、思わず右肩に手をかけた益人に、優子は横顔をしかめた。それもそのはず、部屋着の上からでもわかるほど、優子の右肩は盛り上がり、熱を帯びていたからだ。

右腕の腫れもひどくなっていた。浮腫は指の中ほどにまで及び、こぼれ落ちないようにするためだろう、ペンを握った形のまま、手に医療用テープをぐるぐる巻きにしている。

「もしかして、徹夜で描いてたの？」

重厚感あるデスクの上には、何枚ものマンガ原稿が散らばっている。床の上にも、無造作に原稿が並んでいる。ずいぶんな枚数だ。

「いくらなんでも無理し過ぎだよ。ガンなのに」

「ガンだとがんばっちゃいけないわけ？　あんたまで、ガン患者を差別する気？」

「だって優子ちゃん、今日治療の日じゃないか」

今日は朝から、優子は車で病院へ行き、益人は電車で学科試験を受けに、東陽町まで行く。試験が終わったら病院に戻り、優子の車で帰宅する算段をつけていた。

「もうやめなよ。どうせ連載は始まらないんでしょ」

言ってしまってから、ハッとした。優子の気持ちは知っているのに、なんてことを。

「もう一度、はい上がってやる。絶対に、はい上がってやるんだから……」

呪いでもかけるかのように、優子はつぶやいた。まるでおばのマンガに出てくる、陰キャラのようだ。

「成し遂げなきゃいけないことがあるの。命ある間に」

普通ならシラケそうなマンガチックなセリフも、優子が口にすると説得力があった。おばにとっては文字通り、描くことが生きる証なのだろう。

「早く病院に行って、診てもらおうよ」

ぐったりしている優子を、椅子から立ち上がらせる。足元がおぼつかない様子の優子の身体を、益人は左側からしっかりと支えた。

「……ふふ。まさか本当に、貴ちゃんが言ったとおりになるなんてね」

「は？　母さんがなに？　なんのこと？」

自嘲気味に笑う優子に、益人はたずねる。

「貴ちゃんがね、お金があればいいってもんじゃない、将来は益人に面倒を看てもらうことになるんだから、少しは益人に会ってちょうだいって、そう言ってたの。でもこんなに早く、その日が来るとは思わなかった……」

初めて聞く話だった。母はそんなことを話していたのか。益人は返答に困った。

黙って階段を降りるのを手伝い、優子を寝室のベッドに腰かけさせる。

「着替えるの、手伝って」

言われるがまま、部屋着の前ボタンをはずしてやった。母の予言通りになっていることが空恐ろしいような、気恥ずかしいような、変な心持ちだ。

部屋着とノースリーブのシャツを脱がせると、優子の上半身があらわになった。少しつかんだだけなのに、皮膚が伸びてテカった右腕には、指の跡がくっきりと残っている。その痛々しさに益人が目をそらしていると、しっかりした声がとんできた。

「ちゃんと見なさい。私の身体を、よく見ておきなさい」

手術の痕を見せつけるなんて悪趣味だ。バッサリ切ったのに、こんなに苦しんでいるとでも言いたいのか。しかも俺は男なのに。

反論したかったが、なぜだか言われた通りにしてしまった。朝日に照らされた優子の胸を、益人はおそるおそる直視する。

右胸はえぐられたように、肉がなかった。肋骨(あばらぼね)の角度や形がはっきりわかるほど、薄べったい皮膚が骨の上に張りついている。右胸の真ん中に不思議な円い傷痕(きずあと)が見える。左胸は普通に女のものなので、まるで右胸にだけ、マンガ目のイラストが描かれた眼帯を着けているようだ。

じっと益人をにらんでいた優子だったが、やがて顎(あご)で指図した。やけにデカいスポーツタイプのブラジャーを着けるのを手伝う。

手の震えが止まらず、右側のカップに入ったパットの位置が、どうにも定まらない。右腕に障らぬよう、太いストラップを通すのが難しい。

「ごめん！　大丈夫⁉」

勢いあまって、手が優子の右胸に当たってしまった。骨と骨がぶつかる鈍い音がした。

「痛くない。右胸は板が入ってるみたいに、感じないから」

顔をしかめることなく応えた優子に、益人の胸はしめつけられた。実の姉にも誰にも見せない弱みを、自分にだけ見せる優子の想(おも)いが、重く心にのしかかった。そして、若くても若くなくても、乳ガンを告白している女性たちは、勇気を振り絞っているのだと思った。

「仮免許練習中」と油性ペンで書いたケント紙を、ＢＭＷのナンバープレートの上部に貼りつけ、益人は優子を助手席に座らせた。緊張しながらエンジンをかけ、慎重にアクセルを踏む。最初はおっかなびっくりで車を進めていたが、やがて持ちごたえある外車のハンドルに慣れてきた。

「意外と運転センス、あるじゃない」

優子はひと言つぶやくと、目を閉じる。

しっかりしろよ。

心の中で繰り返し、益人は懸命にハンドルを操った。もう一度、優子の毒舌を聞きたいと願いながら、ＢＭＷをひた走らせた。

優子を外来に送り届け、運転免許試験場に向かった益人は、午後二時半ごろ星空病院に戻った。

優子のスマホにＬＩＮＥすると、『キッチン花にいる』と返信があった。少しは調子がよくなっただろうか。益人は別館に足を向ける。試験場で受け取った書類の入ったビニール袋が、ずっしりと指に食いこむ。

エレベーターで四階に上がり、「キッチン花」と手書きされた紙が貼られたドアを開けると、優子の声に出迎えられた。

「遅かったわね。まさか試験に落ちて、気まずくて、ぐずぐずしてたんじゃないでしょうね」

「落ちるわけないじゃん」

憎まれ口にホッとしながら、益人はレストランに足を踏み入れる。テーブルを前に、ひとり椅子に腰かけている優子に、真新しい運転免許証を差し出した。

「帰りは私が運転しなきゃいけないんじゃないかって、ヒヤヒヤしたわ」

「なに言ってんだい。俺の運転で病院に来たくせに」

ニヤリと免許証を戻してきた優子に、益人は言い返す。ずっと顔色を気にした会話しかできなかったけれど、もうなにを言っても許されそうな気がした。

「腕、大丈夫なの？」

「全然、問題ないわ。この通りよ」

膝に置いていた右手を握ったり開いたり、優子は繰り返してみせた。肩や腕はまだ腫れているし、指も浮腫んでいる。優子が強がっているのは明らかだが、そのカラ元気が益人にはうれしかった。

少し間を取り、益人は優子の隣の席に座った。テーブルの上には、ガラスの花瓶に紫陽花（あじさい）が活（い）けられている。その独特のくすんだ紫や青の花は、妙に優子に似合っている気がした。

出入り口のドアが開き、半下石先生がワインボトルとワイングラスを持って現れた。このシェフだと言っていたとおり、今日は白衣の上に白いエプロンを着けている。

「やあ、いらっしゃい。待っていたよ。甥っ子君」

ニコニコしながら、優子の前にワイングラスを置き、先生は赤ワインを静かに注ぎ入れた。益人の方には、テーブルに準備されていたガス入りミネラルウォーターを、長いグラスに入れてよこす。

「残念だが、君には水を提供しろとのお達しでね」

「運転があるんだから、当然でしょ」

「ちぇっ。合格祝いに、一杯飲めると思ったのに」

言葉ほどは落胆していない口調で、益人はグラスを手に取った。

よく一日も休まず、教習所に通ったもんだ。しかも優子宅で家事をこなしながらだ。けれど免許取得という目標があったせいか、マニュアル車の運転が楽しかったせいか、意外と充実した二十二日間だった。

「乾杯」と口には出さず、益人は優子と目で唱和した。

乾いたのどに、微発泡のミネラルウォーターが浸みわたった。益人はすぐにおかわりを自分で注ぎ、一気に二杯の水を飲み干した。優子はといえば、ルビー色の赤ワインをなめるように味わい、やはり目を細めている。今日は抗ガン剤でなく、抗菌剤を点滴してもらったという。強力な痛み止めも入れられたので、それで元気になったらしい。

ミネラルウォーターとともに、大きなグラスに何本も突っこまれたグリッシーニが、テーブルにあった。細く長い乾パンみたいなヤツだ。腹が減っていた益人は香ばしいグリッシーニをポリポリとやりながら、料理を待った。

すぐに作業服にエプロンを着けた男性が、部屋に入って来た。両手に料理の載った皿を抱えている。半下石先生の手伝いの人のようだ。

ふたりの目の前にそれぞれの皿が置かれると、先生が偉そうに説明した。

「ホワイトアスパラガスのレモンクリームソースだ」

白い皿の上にクリームソースが敷かれ、太いホワイトアスパラガスが、行儀よく盛りつけられていた。皿の端にちょこっと載った、イタリアンパセリと四つ切りのプチトマトの彩りが、長靴の国を思い出させる。

フォークを左手に持ち、優子はアスパラガスを突き刺した。益人は右手でそれに倣う。あらかじめ食べやすくカットされたアスパラは、フォーク越しに意外な堅さを伝えてきた。

「うま」

バター風味の、あまり酸っぱくないレモンのホワイトソースは胡椒（こしょう）が効いて、アスパラのシャキシャキ感と合っていた。

「おいしい」

優子の感想にシェフは満足げにうなずき、グラスに赤ワインを注ぎ足した。

「このバローロ。かなり状態がいいですね」

「昔私が、イタリアに学会出張したときに入手したものでね。気に入ってもらえて光栄だ」

「そんな大事なワインを、私に？」

「一流マンガ家さんには、それくらいさせてもらわんとな」

赤ワインは上等なものらしい。医者に持ち上げられ、優子はうれしそうにしている。

「お次はアランチーニだ」

作業服姿の男性が、今度は揚げものを運んできた。ひと口大のまん丸いそれは、積むように、大皿に盛りつけられている。益人は添えられたフォークとスプーンで取り皿に取り、ぱくりと一気に頬張った。

「熱っ！」

思わず手で口を押さえた益人に、優子と医者が笑い声をたてた。

「パンチェッタを混ぜてあるのね」

慌てて水を飲む益人を横目に、優子は揚げものを半分に割って観察している。

医者がまた、ワインを注ぎ足す。この人はソムリエのように、ずっとテーブルのそばに立っている。

子供のような失態を罵倒もされず、居心地悪くなった益人は、落ち着いてフォークとナイフを手に取った。聞いたことのない料理名に、なにかと思ったら、ライスコロッケだった。アランチーニはイタリア語で「小さなオレンジ」という意味らしい。

あらためて味わうと、意外としっかり味がついていた。チーズとトマトソースが飯粒にからみ、グリーンピースとイタリアのハム・パンチェッタがいい味出してるコロッケだ。

アランチーニを八つも平らげると、やっと腹が落ち着いた。つけあわせのレタスや生ほうれんそうをムシャムシャやっていると、深皿によそわれて、とてもいいにおいのする料理が出てきた。

「さて、お待ちかねのオッソブーコだ」

厚く輪切りにされた骨付き肉が、主役とばかりに皿の中央にあった。みじん切りのにんじんや玉ねぎ、セロリ、四つ割りマッシュルームが、ブラウンソースとともに肉の周りに散らばっている。シチューに似た濃厚でうまそうなにおいが、鼻の中をくすぐった。

「うま過ぎる……」

すね肉はとてもやわらかく、牛肉のうまみとソースが、まろやかに溶け合っている。フォークを入れただけで、肉はほろりと割れる。これなら優子も食べやすいだろう。

「小さなスプーンは野菜じゃなくて、骨髄を食べるためにあるのよ」

イタリア語でオッソは「骨」、ブーコは「穴」という意味だそうだ。

骨の真ん中の骨髄をすくうと、トロリとしたゼラチンが匙の上に載った。生前の姿を想像すると多少気味悪いが、味の方は「ザ・美食」というヤツだ。

「これが人生の勝負メシって言ったの、わかる気がする。俺の人生史上でも一番うまい」

「昔付き合ってた、イタリア人の男が作ってくれたの」

したり顔で言った益人の感想に、優子はそう応じた。まさかの恋の話に、スプーンを持つ手が止まった。

「あの人には、食の楽しみをおしえてもらったわ」

彼はイタリアンのシェフの卵だったらしい。後学のため、日本の料理を勉強しに来日していた彼と、仕事の打ち合わせで訪れた店で出会い、強引に友だちにさせられたという。

「どっちも片言の英会話だったけど、人懐っこい人でね。とにかく必死でコミュニケーションをとろうとするの。だから私も必死に応えた。イタリア語会話の本も買って、電話でも話した。忙しくて外に出られないって言ったら、店が終わったあと、家に来るようになった。そして仕事中の私に、いろんな料理を作ってくれたの」

それまで「空腹が満たされればいい」と、食にこだわらなかった優子はある日、以前より気力が満ちていることに気がついた。理由は彼の料理しかない。ナスのピザやスパゲティ・ボロネーゼ、ミネストローネはもちろん、オーブンで焼いただけのタラや、ハムとチーズをパンにはさんだだけのパニーニといった簡単な料理も、あとを引くおいしさだった。舌を喜ばせることはこんなにも人を元気にし、仕事の励みになるのかと驚いたという。

「人生はオッソブーコ。骨の髄まで味わいつくそう」

陽気に歌いながら調理する彼と、半同棲状態になった。もちろん食事は彼の担当だ。優子のうちのキッチンにあった銅製の鍋やレードルを、益人は思い出す。

時間を見つけては、日本の観光地を一緒に訪れ、飲食店でさまざまな料理を味わった。

そのころから優子のマンガは人気が出始め、さらに忙しくなったらしい。

「やがて彼の帰国する日が近づいてきた。一緒にイタリアに行こうと言われたけれど、私はやっとつかんだ成功を手離すことは考えられなかった」

手書き原稿を日本へ送るには、数日かかる。アシスタントも手配しづらいだろう。デジタルで作画すればクリアできる問題だが、当時はさほど普及しておらず、使い方を修得する時間もない。泣く泣く遠距離恋愛を選んだふたりが最後の夜に食べた料理が、オッソブーコだった。

「すばらしい味だった。これから離れ離れで生活することなんて忘れて楽しんだ。でも私たちは知っていた。離れて生活しているうちに、やがて心も離れてしまうことを」

優子はそうつぶやき、益人にぎこちなく微笑んだ。笑いかけられるなんて初めてだ。

「イタリアに会いに行ったりしなかったの？」

「行ったわよ、一度。でもかえって、つらくなっただけだった」

二日半の短い逢瀬(おうせ)。イタリアの旅が終わる日、「もう帰るのか」「自分を置いて日本へ戻るのか」と、優子は彼になじられた。人生を味わいつくしたい彼にすれば、愛する人と一緒にいられない生活は、ポリシーに反したのだろう。身を引き裂かれる思いで飛行機に乗った優子は、二度と彼に会うまいと決心した。

「結婚したかった。彼の子供を産みたかった。でも私にはマンガで成功したいという目標があった。両立は無理。私は仕事を取った。それからはあのオッソブーコを心の糧に、マンガに打ちこんだ。毎日おいしいものを食べて、自分を励まし続けた。ガンになってからは日々のごはんを、余計大事に思うようになった」

悲しい恋の思い出が、この料理には秘められていたのだ。軽々しく「わかる気がする」と言ってしまったことを、益人は後悔する。

優子があんなにデジタル作画ソフトを嫌う理由も、やっとわかった。今さらそれを使ってしまったら、昔の自分に申しわけがたたないだろう。

意外にも半下石先生は、テーブルのそばに静かにたたずみ、口をはさんでこない。

「益人、私に頼みたいことってなあに？」

優子はワインをひと口飲み、たずねてきた。

結婚をあきらめ、おばが必死で築いた貴重な財産。自分はそれを、かすめ取ろうとしている。

「お金、必要なんでしょ。いくら？」

「……百万円。でも絶対に返す。真面目に働いて、絶対に返す」

いや、かすめ取るんじゃない。ほんのいっとき、借りるだけだ。

「麻雀に負けたにしては、ずいぶんな金額ね」

「麻雀って、誰に聞いたの？」

思わず先生の方を見た。しかしじいちゃん先生は、心外だとばかりに首を振っている。

「貴ちゃんよ。益人は強くもないのに麻雀にはまって、カモにされてるって。あちこちに借金こしらえて、首が回らない生活だって。ギャンブルで身を持ち崩す前に、なんとか益人を更生させる手立てはないかって。マンガ家なんて、ある意味バクチみたいな世界にとびこんだ優子なら、あの子の気持ち、わかるんじゃないかって相談されたのよ」

だから毎日用事を言いつけて、麻雀する時間を持たないようにされたのか。

「たったひとりの甥が、人生を誤るのを見過ごすわけにはいかないわ。だから『とにかくこっちに来させろ』って、貴ちゃんに言ったわけ」

優子はまた赤ワインで口を湿らせた。ルージュが剝げた唇に赤い色素が染みている。

半下石先生がどこかホッとしたように、隣のテーブルの椅子を引き、腰かけた。

「更生のノウハウなんて全くなかった。でもお説教も意味ないでしょ。そんなの、さんざんされてただろうし。だから今の私にできるのは、自分の生きざまを見せることだと考えたの」

えぐれた胸やパンパンに膨らんだ右腕が、まぶたに浮かぶ。毛利への暴言や、編集部で切った啖呵。テープでぐるぐる巻きにされたペンと右手も。

「でもここまで、言うことを聞き続けるとは思わなかった。すぐに借金を申しこまれて、いなくなると思ったのに。家事ヘルパーになって、車の免許まで取りに行っちゃって」

苦笑しながら、優子は目を細めた。母に似たその眼差しに、安堵感がわき起こる。もう自分の味方は、どこにもいないと思っていた。

「どうしてなの？　私が簡単に、お金を貸すと思わなかったから？」

「なんだか優子ちゃんと勝負メシ食うの、楽しくなっちゃったんだ……」

不覚にも涙ぐんだ益人に、医者が愉快そうに言った。

「マンガ家さんの勝負メシは、甥っ子君にとっても、そうだったということか」

そうかもしれない。毎日「麻雀がしたい。雀荘に行きたい」という気持ちの上に覆いかぶさってくるのは「本日の勝負メシ」への興味だった。でもひとりで食べても、うまくなかったろう。一食ごとにおばと距離が縮まる気のする食卓は、益人にとって心安らぐものだった。

「俺、借金全部きれいにして、一からやり直すから」

西本はたぶん、益人の渡した月々の返済金を、全額金貸しに渡していない。法外な金利がかかっていると益人をだまし、差額を抜いていたに違いない。

　今はトイチのような闇金への取りしまりは厳しい。夜遅くの自宅訪問などの取り立ても禁止されている。そこで、訴えられないよう、西本は金貸しとグルになっていたのだろう。そして今回、おばの金で一気に完済させたら、また麻雀でカモって、益人に借金を背負わせるつもりなのだろう。

　この間の西本との電話のあと、半下石先生におしえられたのは、出資法と貸金業法の改正についてだった。愚かな益人はそんなことすら知らず、ビクビクと生活し、西本のような男を、自分を唯一見捨てない友だちと信じていた。

「俺、宅配かなにかのドライバーになって、今度こそ真面目に働く」

だがさっきまで、それでもかまわないと考えていた。たったひとりの友だちをなくすのは怖い。優子に金を借り、闇金やほかの借金を返したあとは、負けない麻雀を打てばいい。長いこと打っていない。ずいぶんツキがたまっているはずだと思っていた。

「もう麻雀はやめる。悪い先輩とも縁を切る。だから優子ちゃん……。お金を貸してください」

「いいわよ。百万くらい。お安い御用よ」

テーブルに頭をこすりつけるようにした益人に、こともなげに優子は言った。

「ありがとう……」

ぐずぐずと洟をすする益人に、「しっかりしなさい。まったくもう」と、優子は赤ワインをひと息にあおる。上目遣いで見上げたおばは、病人とは思えない生命力に満ち溢れている。

「そのかわり俺、優子ちゃんのマンガ描くの、手伝うよ。美術の成績1だったけど、がんばるから」

「いらないわ、そんなの。もう私の人生で成し遂げなきゃいけないことは、半分達成されたようなものだもの」

きょとんとする益人に、優子は言い放つ。

「あなたが完全に更生すれば、成し遂げたことになるの。私、これからは無理しないで、のんびりと療養生活を送るから、どうぞよろしくね」

優子はそう言って右肩を動かし、「痛た」と、顔をしかめたが、

「私と一緒にいれば、人生を味わいつくせるわよ」

と、うそぶいた。

第四話

傘寿のハッピーバースデー

「こうしてつまんで。ぎゅっと！　……そうです。このまま待っていてください」

耳鼻咽喉科外来の背の高い診療椅子に座らされるや否や、篠崎三江子は指で鼻をつままれた。鼻血を止めるには、こんなに強い力が必要なのか。娘たちが子供のころに知っていれば違ったろう。由美はよくのぼせて、行事の度に鼻血を出した。当時はちょこっと鼻をつまみ、首のうしろを空手チョップで叩いたけれど、止まらなかった。

四十年以上も昔に思いを馳せ、三江子は看護師の指示に従う。指の力が弱いので、ハンカチの上から左右の親指で小鼻をはさむ。三江子の両手は誰かを殺めてきたかと思うほど、真っ赤な血に染まっている。

救急隊員が去って行く。三江子は礼を言いたかったが、うまく声が出ない。

「すぐ降りて来るって言ってました？　川中先生」

「救急受けるんだから、そんなに待たされるはずないでしょ」

斉藤という中年の女性看護師は、医療器具を準備しながら、男性医師・山村の問いにぶっきらぼうに応えた。機嫌が悪いのか、普段からこういう感じなのか。山村は山村で手袋とマスクを着けたものの、なかなか治療を始めてくれない。

「ずびばぜん。あど」

「はい？　気分悪い？　指、疲れちゃった？」

やっと声を出せた三江子に、斉藤はイラついたように返事をした。直後、取り繕うように、マスクの上の両目をにっこりとさせる。

「ばだ、ばづど？」

「申しわけありません。先生は今、手術中なんです。間もなく来ると思うので、もうしばらくご辛抱くださいね」

斉藤はそう説明して、開けっ放しの出入り口から出て行った。

待たされることにがっかりしながら、三江子はジャケットの袖についた血を眺める。この淡いパープルのジャケット、気に入っていたのに。昨夜からのくさくさした気分を晴らすためのおしゃれ心が、あだとなってしまった。

親指の力が緩まぬよう目玉だけ動かすと、山村が頰杖をつき、つまらなそうにデスク上のコンピューターをいじっているのが見えた。

「ぜんぜ、ぜんぜ」

「はい？」

山村は立ち上がり、三江子の足元に置かれたショッピングカートをのぞきこんだ。

「これ？　なにか必要なの？」

山村が遠慮がちに、エコバッグの中を探り出した。

そうじゃないって。三江子は首を振ろうとしたが、鼻を押さえたままでは、うまくいかない。もどかしさにイラッとしたとき、斉藤が戻って来た。

「斉藤さん。おばあちゃんがこの中のなにか、ほしいみたいなんですけど」

斉藤は眉間にしわをよせる。三江子は「びがう。どで、でいどうごに、いででぼじいど」と頼み直す。まったく、この失礼な若い医者の勘の悪さといったら。

「ああ、冷蔵庫、冷蔵庫ね。食パンはいいとして、牛タンに塩サバ、もずく……。こんなにたくさん入る冷蔵庫、外来にないんですよね。川中先生、もう来ると思うんだけど」

斉藤はブツブツと言い、立ち去った。あの看護師、勘はいいけれど、あまり親切でない。

「そうか。生鮮食品が傷むのが心配なのか」

木綿豆腐のパックを指で突き、山村はのんびりと言うだけだ。今どき他人に、しかも患者に向かって「おばあちゃん」とは失礼な。三江子は軽く山村をにらんだ。

時刻は午後十二時三十分。買いものを終えてから、四十分も経っている。これから鼻血を止めてもらったら、帰宅はずいぶん遅くなる。せっかくのお祝いディナーの翌日に、老夫婦で腹を下すなど、みっともなくて目も当てられない。

三江子がしびれを切らしかけると、うしろ手にした白衣の男性がニコニコしながら診察室に入って来た。

「おやおや。これは、これは」

禿頭(とくとう)の医師は、三江子の姿に目を丸くしている。やっと川中先生とやらが来てくれたか。

「鼻出血のクランケ？」

その先生は、山村にたずねた。

「はい。スーパーで突然出血して、止まらなくなったそうです」

「それは災難だったねえ」

小柄な老医師は、同情はしてくれるが、やっぱり治療を始めない。

この人は川中先生ではないらしい。帰宅がまた遠のく。昨夜、いつになく怒りをあらわにした夫の顔が思い出され、気も遠くなった。

「早く、止血してあげなさいよ」

老医師は顔をしかめて、山村に苦言を呈した。

「あ、僕は研修医で、ひとりでできないんで」

「じゃあ、私がおしえてやるから、やってみなさい」

「あ、耳鼻科の先生でしたか。すみません、ごあいさつもせず。僕、山村俊也(としや)といいます」

「私は耳鼻科医じゃないよ。消化器外科専門だ。しかし私の若いころは、専門科の垣根を越えて、全身をくまなく診たもんだ。鼻出血はボスミンで血管締めるか、電気で焼くだけだ。君、キーゼルバッハだよ、キーゼルバッハ。知っとるだろう。積極的に取り組む姿勢がないと、なんにも身につかんよ」

老医師が言い放つと、山村はその気になったらしく、準備されていた医療装置をおもむろに手に取った。

冗談じゃない。こんな勘の悪い、半人前の実験台にはなりたくない。三江子は慌てて、立ち上がろうとした。

「あ、おばあちゃん、座ってて」

両手を放し、身を起こした三江子を山村が制止する。と、そのとき、青い手術服の男性が、三江子の行く手を阻むように登場した。

「どう？　出血止まった？　斉藤さん、バイポーラちょうだい」

追って現れた斉藤が、診療椅子のヘッドレストに三江子の頭を押しつける。

「あほ、でいぞうごに」

「はいはい、冷蔵庫ね。治療が終わったら、すぐにおうちの冷蔵庫に入れられますからねー。先生、患者さん、生ものが常温に置きっぱなのが気になってしょうがないの。すぐ止血して」

　三江子には小さな子供をあやすように、川中には亭主をどやしつけるように斉藤は言う。

「おや、半下石先生ではありませんか。これはこれは。どうかしましたか？」

ヘッドライトをつけた川中先生は、そこで初めて老医師に気づき、うやうやしくお辞儀をした。どうやらこの先生、結構な地位にあるようだ。

「いやなに。院内回診中でね」

なぜか斉藤は、不愉快そうに目を眇めた。川中先生はマスクの奥をニヤリとさせたようだ。

いわくつきらしい半下石先生は、しかし親切な人だった。ショッピングカートの重さを確かめるようにすると、「うちの冷蔵庫に入れてあげよう。持って来なさい」と言ってくれた。

「じゃあ、山村先生。それ運んでくれる？」

診察室から出て行く半下石先生を見ながら、川中先生が命じた。

「え？　なぜ僕が？」

「そわそわする患者さんに、治療にご協力いただくのは難しい」

「そうしてもらえると、助かるわ。今、昼休みで誰もいないのよ。山村先生だけが頼りなの。篠崎さん、安心してくださいね。それ、すぐに冷蔵庫に入れてもらいますから」

川中先生に追従するように、斉藤が微笑む。

「名誉院長に買いものカートを引かせるわけにはいかないだろう。あとでなに言われるかもわからんし。ほれ、さっさと行って来て」

研修医に勉強させる気がないのだろうか。川中先生は顎をしゃくって急かす。やがて山村はあきらめたようにショッピングカートを引き、のろのろと診察室から出て行った。

鼻の奥を電気で焼かれながら、山村に悪いことをしたなと、三江子は考えた。

若人の勉強の機会を奪ったのだ。気の利かない新米医者は、人の二倍は鍛錬が必要だろう。鼻血の患者がどれくらい病院に来るのか知らないが、あとで謝らねばなるまい。

「篠崎さん、大丈夫？」

三江子はＯＫマークを指で作る。食材が無事冷蔵庫に入ったと思うと、余裕しゃくしゃくである。

これが終われば家に帰れる。まだ納得できない部分はあるが、とりあえず夫と仲直りがしたい。今夜は「昨日はごめんなさい」代わりの、夫・昭太郎の誕生日ディナーをこしらえるぞと、はりきっていたのだ。

「五メートルガーゼ、ちょうだい」

川中先生は手際がよかった。斉藤もあうんの呼吸で器具の受け渡しをしている。この古参風の医療者ふたりは、もう長いこと仕事を共にしているのだろう。

ふと父と母の餅つきが、三江子の脳裏に浮かんだ。

三江子の両親は兼業農家だった。両親は毎日休むことなく働き、夫婦仲もよかった。それを一番感じたのは、十二月三十日だ。毎年恒例の餅つきの際、ミシン針のごとく父は杵を上下させたのに、母の合いの手を決してつくことはなかったのである。

やがてつき上がった、白く柔らかなよくのびる餅。まだ温い餅を、小さな手で不器用なりに丸め、きな粉をまぶして頰ばったことも、甘く思い出される。

三江子は両親の餅つきを見るのが、大好きだった。そうしていつしか、両親のような息の合った夫婦になるのが、自分の目標になった。


無事鼻血が止まり、鼻の中に詰めものをされると、山村が戻って来た。

「どうぼ、ありがとう」

三江子が微笑むと、山村はじっと見返してきて、「いいえ」と応じた。あれから十五分以上が経っている。冷蔵庫のある場所はだいぶ遠いようだ。

「えーと、飲んでるのは、カルシウム剤とコレステロールの薬だけ。血液サラサラ系はなしと。じゃ、山村センセ。止血剤と胃薬の処方、よろしく。あと明日の外来予約も入れといて」

川中先生は流し台で手を洗いながら言いつけ、まだ手術の続きがあるのか、さっさと行ってしまった。

「では、お顔を拭きましょう」

斉藤が愛想よく、濡れガーゼで三江子の頬に触れてきた。ちょいちょいと、二回ほど撫でられる。ひんやりした感触が気持ちいい。母親に顔を拭われているようで、うっとりしていると、廊下の向こうから電話の呼び出し音が響き始めた。

「すみません、ちょっと待っててくださいね」

目の前の患者より電話を選んだ斉藤は、医療用トレイに濡れガーゼを置き、診察室からとび出して行った。

斉藤はなかなか帰って来ない。こうしている間にも、刻一刻と時間は過ぎる。

三江子は診療椅子からすべり降り、デスクに近づいた。そこではコンピューターを前にマスクを顎にずらした山村が、難しい顔でカチカチと装置に指をかけていた。

「鏡、あります?」

濡れガーゼを手にした三江子に、山村は「なにするんですか?」とたずねてくる。顔を拭く仕草をしてみせると、山村はきょろきょろし、壁にかけられていた四角い鏡を外して持って来た。

「まあ血だらけ。ひどい顔ねえ。髪もぼさぼさ。まるで人を食ったばかりの山姥みたい」

診療椅子に腰かけた三江子の顔が映るよう、山村は両手で鏡を掲げてくれた。案外親切な人のようだ。

「私ねえ、これでも昔は、鳴滝（なるたき）小町と言われたの。でもこの顔じゃ、だぁれも信じてくれないわねえ」

山村のやさしさに触れ、顔の汚れを拭いながら、三江子はそんなことを口にした。

「……なるたきって、どこですか？　大阪？」

「京都よ。太秦（うずまさ）の撮影所の近くと言った方が、こっちではわかりやすいかもしれないわね」

「だから、関西弁なんですね」

「あら、私、標準語を話しているつもりだけど」

「ずっと吉本（よしもと）の芸人さんが、テレビでしゃべってるようなイントネーションですよ」

「そんなこと言われたの、初めて。東京育ちの主人にも言われたことないわ」

乾いた血はなかなか取れない。しわを伸ばしながらなので、余計に時間がかかる。

そのうち手が疲れてきたのか、本来の仕事を思い出したか、山村は三江子をデスクのそばに移動させ、その辺の本や紙箱を支えにして鏡を立てた。

最初からこうすればいいのに。三江子は山村の要領の悪さが気の毒になった。医者になるくらいだから秀才なのだろうが。

「先生、さっきはせっかくの勉強の機会を奪ってしまって、ごめんなさいね」

「は？」

「だって先生、私の鼻の中、見られなかったじゃないの」

山村はすぐに首を振った。

「いいんです。別に」

「やっぱり次々に、鼻血の患者が病院にやって来るのね」

「いや、そんなことは……。僕、年食ってるせいか、あんまり面倒見てもらえないんですよ」

「まあ、そうなの？　先生、失礼ですけどおいくつ？」

「三十六です」

「あら。研修中と言ってたから、もっとお若いのかと。どこかでお勤めしたあと、医学部に入ったの？」

「いいえ。ずっと浪人と留年をしているうちに、年を食いました」

「でも五十、六十ってわけじゃなし、少しくらい年を取っててもいいじゃないの。ねえ？」

「一概に言えないけど、最低限の学力を身につけるのに時間のかかり過ぎた人間が医学を極めるのは無理でしょって、空気を感じます」

「まあ、ひどい。どの世界も年寄りは邪険にされるのねえ」

山村に対する川中先生と斉藤の態度がどこか冷たいのは、そういうわけだったのか。

「でも、そこまでがんばれる人は、なかなかいないわよ。主人の知り合いの息子さんで、司法試験に八回落ちて、結局あきらめた人がいたけれど、先生はちゃんとお免状を取ったんでしょ。大丈夫。きっと立派なお医者さまになれるわよ」

三江子は心をこめて伝えた。食材を冷蔵庫に入れてもらった礼の意味もあった。

「……篠崎さん、カプセル飲めます？」

しかし山村は喜ばず、話題を変えるかのように三江子にたずねてきた。

「カプセルは苦手だわ。のどに貼りつくから。錠剤も飲んでるけど、好きじゃない」

「錠剤もダメ……。あ、シロップがある。シロップどうです？　シロップ」

山村は孫が小さいころに持っていた、小熊（こぐま）のぬいぐるみ人形にちょっと似ている。

「シロップがいいわ。私子供のころ、風邪（かぜ）を引いたとき、甘いシロップの風邪薬を飲むのを楽しみにしてたの。富山（とやま）の薬売りが置いてくの。私が結婚してからも、年に二回くらい来てくれた。他の薬もたくさん使うと、ケロリンの桶（おけ）がもらえたのよ」

「じゃあケロリン、じゃなかった、シロップ、と。三日分くらいでいいのかな」

山村は少し頬を緩ませた。ウケたことに味を占め、三江子の口はなめらかになる。

「でもなんで、急に鼻血が出たのかしら。私、鼻血なんか出たことなかったのに」

「なにか興奮するようなことが、あったとか」

「今日は主人の誕生日なんだけれど、昨夜ちょっとけんかしてしまったの。それでいろいろ考えて、頭に血が上ったんじゃないかしら」

「怒りが収まっていないんですね」

「うちはね、めったにけんかをしないの。昨夜はどうして、主人があんなに怒ったのか、未だにわからないの。だから鼻にきたのね」

三江子が派手なため息を吐くと、「頭にこなくてよかった」と、山村はぼそっと言った。

「僕の両親は、顔合わせる度にけんかしてますよ」

「まあ、そうなの？」

「両親はどちらも医者ですが、僕が幼いときから仲が悪いんです。もう離婚すりゃいいんだけど、金でもめて膠着状態です」

どうやら山村は悩んでいるようだ。でなければ、初対面の患者にこんなことを打ち明けるはずがない。人生の先輩として慰めてやらねば。使命感めいたものが三江子に芽生える。

「山村先生が一人前のお医者さんになれば、ご両親は心が穏やかになって、けんかもしなくなるかもしれないわね」

我ながら、なかなかの意見だと思った。しかし山村からの反応はなかった。

「私、お医者さんから、そんな話を聞いたのは初めてよ」

「もう二度と会わないと思うと、つい。名誉院長に乗せられた」

「私、明日も外来に来るんだけれど、先生はいないの？」

それにも応えず、山村は印刷機から出てきた書類にハンコを押している。

三江子の言葉は、大した慰めにならなかったらしい。それにしても半下石先生は、山村になにを言ったのだろう。

「あら、こっちに移動してらしたんですか」

斉藤が診察室に戻って来た。三江子の顔を見て「きれいになりましたね」とにっこりしている。自分の手間が省けたことを喜んでいるようだ。

山村は「今日は旦那さんの誕生日だそうです」と告げ、どこからか大量の書類を持って来て、書き仕事を始めた。

「それはおめでたいこと。ご主人、おいくつになられるんですか？」

流し台に誘導された三江子は、斉藤に問われた。山村に冷たい人だと思うと気が進まなかったが、オトナになって世間話に応じる。

「八十歳よ。傘寿なの。子供たちはお祝いしようと言ってくれたけれど、私の七十七歳の誕生日が九月だから、そのとき一緒にするの。だから今日は、うちでふたりで」

「それは楽しみですね。ちなみに今晩のメニューはなんですか？」

「大したものじゃないのよ。主人の好物を並べるだけ。牛タンの塩焼きでしょ。味噌田楽でしょ。船場汁でしょ。あ、きな粉餅も買って帰ろうかしら」

「おいしそう。いいですね、夫婦水入らずで。私もいただきたいわ」

顔と手の汚れが取れると、なにやら清々しい気分になった。鼻の詰めものの窮屈さもなくなり、思考は明るい方へと向かう。

夫はものごとを引きずらない性分だ。昨夜は虫の居所が悪かったのだろう。転勤の度に家族に恐縮していたのだから、昨夜の言動は本音ではないはず。山村の両親のように、私たちはいがみ合う夫婦ではないのだ。

「どうもお世話になりました。さて荷物を取りに行かなくちゃ。冷蔵庫はどちら？」

機嫌よく歩き出した瞬間、足元がフラついた。

「大丈夫ですか？」

「顔が真っ青ですよ。ちょっと、ちょっと座りましょうか」

強引に診療椅子に座らされる。

「帰らなくちゃ……」

そう訴えたが、「先生、そこの血圧計取って」と、斉藤は三江子の手首で脈を取っている。

「そこまで血圧は下がってない。頻拍は仕方ないにしても、速脈が気になる」

何度か三江子の血圧を測ると、斉藤はピュッと廊下へとび出して行った。

「出血量が多すぎたのかな。貧血かもしれない。気持ち悪くないですか？」

「平気よ」

「動悸はしませんか？　普段から常にドキドキしているような感じは？」

年も年だからフラつくことはままある。けれど貧血や心臓の異常は、これまで一度も言われたことがない。

「川中先生、ラクテックしろって」

戻って来た斉藤が山村に告げた。どうやら斉藤は、川中先生に連絡を取ったようだ。山村はムッとした様子でコンピューターに向かい、カチャカチャとやり出した。

「しばらく休んでください」

ストレッチャーが運ばれてきて、三江子は強制的に寝かされた。別室のベッドまで搬送される。斉藤が有無を言わさず、三江子の腕を針で刺す。あれよあれよという間に、ものごとが進んでいる。

「採血の結果が出たら、また診察です。それまで休んでくださいね。なにかあったら、ナースコールしてください」

斉藤は三江子をひとりにして、部屋を出て行った。

年を取ると周囲のスピードについていけない。そのため質問も反論もできぬまま、意に反した状況に置かれることもしばしばだ。

大きなため息とともに、三江子は部屋を眺めた。

ここは半分物置のようだ。シーツや紙タオルが置かれた棚があり、灰色のデスクの上には段ボール箱が二個積まれている。

大きな窓があった。ブラインドは下りているが、光が取れるよう、すき間が空いている。五月の陽光が隣の建物を照らしていた。手前にあるのは駐輪場の屋根のようだ。陽にあせた塗装の青色が、どこか懐かしい。屋根の下に並んでいるだろう自転車やバイクは、壁に阻まれ見えないけれど。

自転車といえば、最近はとても頑丈そうな子供用座席が備えつけられている。自分の若いころ、あればよかったのに――。

三江子は再び、遠い昔の記憶を手繰りよせた。

長女の由美が四歳のとき。ある夏の日、当時暮らした仙台市で、ふたりの子供を連れて知り合いの家まで遊びに出かけた。自転車で三人乗りをするのに二歳の静香を座らせる際、前乗せの子供用座席があっけなく壊れた。仕方なく静香はおぶい、由美は後部荷台にまたがらせた。木漏れ日と風の涼やかさに目を細め、軽快に自転車をこいでいたら、うしろの車輪になにか引っかかった。と、同時に泣き出した由美の草履が脱げた左足は、車輪のスポークに巻きこまれ、足裏の皮の半分くらいがべろりと剝けていた。

泡を食って診療所へと急いだ。幸い筋肉や骨に異常はなく、きれいに包帯を巻いてもらった由美は、すぐに歩くこともできた。傷はきれいに完治し、後遺症も残らなかった。

ふと時計を見ると、午後一時半を過ぎていた。家を出たのは十一時過ぎ。帰宅が遅いと、昭太郎は心配しているかもしれない。三江子はバッグの中から携帯電話を取り出す。

四回の呼び出し音ののち、留守番電話に切り替わる。ピー音のあと、「もしもしー、あなたー、電話に出てー」と繰り返していると、やっと受話器が上がった。特殊詐欺対策なのだが、最近すっかり不精になった昭太郎は、玄関チャイムも電話の応対もおっくうがる。

「お昼ごはん、食べた？」

すぐに帰るつもりだったので、昼食の準備はして来なかった。

「食べたよ」

「なにを食べたの？」

「食パン」

「え、もしかして、いちごジャムを塗った？」

「塗った」

「あのね、手前にあるジャムはカビが生えてるから、食べたらダメなの。私がカビをけずって、食べようと思っていたから。青いふたのジャムを食べてほしいんだけど、もしかして白いふたのいちごジャムを食べた？」

「白のふたの方を食べちゃったよ。でもカビなんか生えてなかったけど」

この人はこういうところがダメなのだ。昭太郎よりも先に死ねないと、三江子が思うゆえんである。

「しょうがないわね。食べちゃったのなら。お腹こわさないでね。今日はあなたの誕生日だから。あのね、私まだしばらく帰れないのよ」

「……あっそう」

昭太郎は興味がなさそうだ。しかも理由をたずねてこない。近所に出かけてもう二時間以上も経っているのに、不思議に思わないのだろうか。

「あのね、私、大変なことになったの」

「また勝手に自分の世界に入って、妄想を言ってるんだろう」

「妄想じゃないわよ。思考よ。でもこれは思考じゃなくて、本当に鼻血が出たの」

「止まったのかい?」

「止めてもらったわ。病院で」

昭太郎は生返事だ。テレビに気をとられているのか、まだ怒っているのか。どちらでもかまわないが、もっと心配してくれてもいいではないか。三江子はカチンときた。

「あなた、由美が四歳のとき、自転車でケガしたの憶えてるでしょ」

「はあ?」

「あのとき私、すっごく叱られたでしょ。私も泣きながら反省しました。今日はあなたのせいで鼻血が出たのよ。だからあなたも反省してちょうだい」

「どうして俺が反省しなきゃいけないんだ」

「ちっともわかってないのね。昨夜も言ったけれど、あなたは私の一生を台無しにしたと言っても、過言じゃないのよ。なのに私は、あなたの誕生日を祝うために、わざわざ買いものに出かけてこんな目に遭ってしまって」

「だから、誕生日なんか祝わなくていいって言ったのに」

「ひどい！　少しは私の気持ちを、わかってくれてもいいじゃないの！」

携帯をたたき切ろうとしたが、興奮のあまり変なボタンを押してしまった。何度か押したけれど、「もしもしー？」と、まだ昭太郎の声が聞こえる。三江子は憮然として、赤い電話マークに指をあて直し、「まだ帰れません」と告げて電話を終えた。

勢いで言ったけれど、すぐ後悔が襲ってきた。両親のような夫婦を理想としてやってきたのに予定がくるったせいで、穏便な会話どころか、話を蒸し返してしまった。

急にトイレに行きたくなる。朝食後、なにも飲み食いしていないのに。年は取りたくないものだ。

靴を履き、点滴棒を押しながら廊下に出た。ぽつぽつと長椅子に座っている患者たちの前を通り過ぎると、広いところへ出た。

「あの、すみません。お手洗いはどちらですか？」

行き交う人々の間を縫うように、乾モップで床掃除をしている女性清掃員にたずねた。

「左側を見ながら、この廊下をまーっすぐ行けば、現れるわ」

「どうもありがとう」

「お安い御用、ってなもんよ」

頭に三角巾をしてきちんと化粧を施した細身の清掃員は、滑舌がいい。動作もキビキビしている。自分とそう年は変わらないようなのだが。

「失礼ですけれど、あなた、おいくつ？」

「あたし？ ふふっ。いくつに見える？ って、ディスコのナンパじゃないっての。七十五よ、七十五」

「まあ、私とふたつしか変わらないのに、お若いわねえ」

「よく言われんのよ。ま、仕事してるからね」

茶色い短髪の女性は、三江子に向かってニヤリとし、乾モップをまた動かし始めた。その姿に励まされ、シャキッとせねばと三江子も背筋を伸ばす。

用を足し終え、廊下へ出ると、空の車椅子を押した斉藤が駆けよって来た。

「なにかあったら、ナースコールしてくださいって言ったのに」

斉藤は血相を変え、三江子をにらみつけた。

「トイレに行っただけよ」

「ナースコールしてもらえれば、私が車椅子で送ったんです」

せわしなく点滴やチューブに視線を動かし、斉藤はがっかりしたように言った。

「トイレくらい行かせてちょうだい。私、トイレに行けなくなったら終わりだと思ってるの。主人もそうよ。私たちくらいになると、夜は尿瓶（しびん）を使う人もいるけれど、主人は絶対にゴメンだって。私も同じ気持ち。だってベッドの横におまるを置くのは嫌だもの」

「そういう意味じゃなくて、いつ貧血を起こして転んでしまうかわからないから、付き添いしようと思ってたんです」

「あら、そうだったの」

最初に言ってくれればいいのに。三江子は心配をかけたことを反省し、車椅子に座った。

外来に戻され、先ほどのベッドに腰かけると、山村がやって来て採血の結果を告げた。

「若干の貧血傾向はありますが、年相応だと思います」

「よかった。私貧血なんて、今まで一度も言われたことないのよ」

「甲状腺（こうじょうせん）機能のデータがまだ出ていないので、明日の外来で川中先生から結果を聞いてください」

「甲状腺？　私、甲状腺が悪いの？」

「実は最初から甲状腺の腫（は）れが気になってたんです。頻脈と関係あるかもしれないので、その検査も合わせてしておきました」

山村は自分の首のあたりを指している。三江子はとたんに不安になった。

「首？　腫れてる？　そんな感じはしないけど。なにか悪い病気なの？」

「いえ、悪性と決まったわけではありません。甲状腺異常は女性に多いんです。常に動悸がしたりやる気が起こらなくなったり。基本は内服治療ですが、様子観察の場合もあります。専門の先生に診てもらうかも含めて、明日相談してください」

中途半端な説明に、三江子は宙に放り出されたような心持ちになった。

「もしガンだったら、どんな治療をするの？」

「手術が一般的ですが、放射線や抗ガン剤を併用することもあるようです」

文字通り「ガーン」という言葉が、頭の中に響き渡った。

まさか単なる鼻血で、こんなことを聞かされるとは。予想外の展開に頭が真っ白になる。

「私、もう長くないのかもしれないのね……」

「そうとは限りません。しかし可能性はあります」

斉藤が妙に丁寧な手つきで、点滴の針を抜いている。

「ガンでなければいいですね」

ベテラン看護師の祈るような言葉が、三江子に重くのしかかった。

よく考えてみれば、この年になるまで大病しなかったことが奇跡なのだ。友人知人は、様々な病気でぽつぽつと亡くなり始めた。昭太郎も病気といえば、大腸ポリープと前立腺肥大と高血圧くらいだが、いよいよ我が家にも大病という波が押しよせてきたのかもしれない。

今日はやけに昔のことばかり思い出したが、人は死期が近くなると、感傷に浸ると聞いたことがある。おのれの身体の変調が、遠い記憶を呼ぶのだろう。

そうとわかれば、こうしてはおれぬ。今日はなにがなんでも、昭太郎と仲直りをせねば。九月まで無事でいられるかどうかもわからない。入院だ、手術だ、死んだと、急展開した話はよく耳にする。

三江子は自分を奮い立たせた。「どうもありがとうございました」と告げ、ジャケットを羽織り、ポシェットを肩からかけた。

「冷蔵庫はどこですか？」

「えーと、別館の四階の、エレベーターを降りて、突きあたりの左の……」

「先生、ついて行った方がいいわ」

斉藤が口添えしてくれた。やはり山村先生は今ひとつ気が利かない。

病院本館の前、別館のエレベーターに乗り、四階で降りた。短い廊下をはさみ向かい合ったドアのうち、山村は左側をノックする。ちなみに右のドアには、あまりうまくない字で「キッチン花」と書かれた紙が貼ってある。

「最近の止血はえらく時間がかかるんだねえ。私は待ちくたびれたよ」

山村がドアを開けると、半下石名誉院長先生の大声がふたりを出迎えた。

ここはどうやら調理室のようだ。水栓や流し台のついた調理台がふたつあり、壁に食器棚が並んでいる。その食器棚にはさまれるように、大きな銀色の冷蔵庫が燦然(さんぜん)と輝いている。エコバッグの突っこまれたショッピングカートが、食器棚の前に鎮座している。

「全然取りに来ないから、ええい、料理しちまうかと思案していたところだ」

半下石先生は立ち上がり、冷蔵庫へ突進しそうな三江子に声をかけた。

「よかった、間に合って。私帰ったらすぐに、主人に食事を作らなきゃいけないの。今日は主人の傘寿の誕生日なんです」

三江子は冷蔵庫の取っ手に指をかけた。しかし冷蔵庫のドアは簡単には開いてくれない。見かねた山村が、うしろから力添えしてくれる。

「もう三時半だわ。早く帰って、がんばらないと」

「えらくはりきってるねえ。いや、はりきってるというより、いきり立っているというか」

冷蔵庫に入っていた食品を、エコバッグに投げ入れる三江子をなだめるように、半下石先生は言った。

「だって先生。私……ガンかもしれないの」

老医師の指摘に、はりつめていたものが切れた。

「甲状腺のガンなんです、私」

「そうと決まったわけではありません。検査結果も出てないし」

山村が割って入ると、半下石先生は喝破した。

「なーに言っとるんだ。ガンだと思うからガンになるんだ。ガンじゃないと自分に言い聞かせなさい。たとえガンがそこにあったとしても、うまいもの食って、楽しくおしゃべりして、ぐっすり寝れば、ガンは逃げてく」

本当にそうだったら、医者はいらないと思うけれど。三江子はあっけにとられ、手を止めた。

「山村君。『患者に寄り添え』と言ったのに、不安になるようなことを言うんじゃないよ」

山村も半下石先生のセリフに、ポカンとしている。

「しかしあらゆる可能性を話し、情報を包み隠さないことが、患者の利益になると習いましたので」

「こんなに不安にさせて、不利益になっとるじゃないか」

山村先生は不服そうだが、うまい反論ができないようだ。

「あなた、篠崎さんといったか。そんなんじゃ、せっかく作った料理もとんがった味になる。旦那にうまいものを食わせたいなら、気持ちを鎮めなさい」

力強くもっともな意見に、一瞬にして三江子の肩の力が抜けた。

「大丈夫だ。希望を持ちなさい。旦那のために」

三江子の気持ちは、だんだんと落ち着いてきた。確かに自分は強運の持ち主だ。これまでも間一髪で交通事故を逃れたことがあるし、台風で運休する一本前の急行列車で、無事自宅に帰れたこともある。

自分が自分を信じてやらないで、誰が信じるというのか。昭太郎は「根拠のない自信家」と三江子を評するが、しょせん人間なんて根拠のない存在だ。

「先生、どうもありがとう。本当にその通りだわ」

「その笑顔だよ、その笑顔。笑う門には福来るというだろう」

半下石先生は顔いっぱいに、柔和な笑みを浮かべた。この人は、なんて患者に安心を与えてくれるお医者さんなのだろう。

「私、なんだかのどが渇きました」

三江子は冷蔵庫のドアを閉め、手にしていたエコバッグをカートの中に戻した。

「よし、なにがいい？　実はここは、選ばれし客しか来ることのできない特別なレストランの厨房（ちゅうぼう）でね。篠崎さん、なにが飲みたいか言ってみたまえ。必ずあるとも限らないが」

「リンゴジュースはありますか？」

三江子は調理台のそばにあった丸椅子に腰かけた。山村は突っ立ったままだ。仕事に戻りたいのだろうが、名誉院長の目を気にしているのかもしれない。

「〽リンゴ、リンゴ、リンゴ、リーンゴ、かわいいひとりごと……と、あった」

運よくリンゴジュースは、冷蔵庫にストックされていた。三江子はジュースの入ったグラスを受け取る。子供のころ病気で寝こんだとき、母親がリンゴをすりおろし、ガーゼで絞って、よくジュースにしてくれたものだった。

「……これ、本当にリンゴジュース？」

けれどジュースを口に含んだ三江子は、疑問を呈した。

「全然味がしないわ」

「鼻がつまっているので、味を感じないのかもしれませんね」

同じくリンゴジュースを与えられた山村が、立ち飲みしながら言った。

「じゃあ明日の十時まで、鼻の詰めものを取ってもらうまで、味がわからないの？」

「そういうことになりますね」

「じゃあ私、料理が作れない。だって味見ができないんだもの」

再び三江子は、悲愴感を漂わせた。

「せっかくの誕生日に、いい加減な味つけのお料理を作るのは嫌だわ」

今夜料理を作るのは、どの道無理だったのか。おのれの運命がうらめしく、三江子は泣きそうになる。

「どうして、けんかなんかしたんですか？」

山村が質問してきた。やっとそっちに興味を持ってくれた。

「私、一回くらい外で働いてみたかったって、主人に言ってしまったの」

三江子は悲劇のヒロインになったかのように、説明し始める。

「主人は転勤族でね。あの人が大阪に赴任しているとき、知り合って結婚したの。それから全国あちこち、引っ越ししなければいけなかった。だいたい四、五年、短いときは二年で住み替えたのよ。子供たちも転校を繰り返して、かわいそうだった。そういう生活だったから、仕事を始めてもすぐに辞めなければいけないと思って、私はお勤めしなかったの」

半下石先生は何度もうなずき、耳を傾けてくれている。

「私は主人について行くことがあたり前だと思っていたけれど、この年になるといろいろ考えるの。一回くらい社会で必要とされて、自分で稼いだお金を使ってみたかったって。その心残りを主人にこぼしたら、あの人、すごく怒ったのよ。お前は俺について来たことを後悔しているのかって。私、否定したけれど、聞いてくれなかった。だから私も腹が立って、違う人と結婚すればよかったと言ってしまったの」

三江子はさめざめと泣いた。話しているうちに、本当に自分の人生がつまらなく思え、余計に悲しくなった。

「でもね。どうしたらいいのかわからないけれど、けんかしたままは嫌なの。仲直りしたいの。もうすぐ死ぬかもしれないし」

盛大に泣いているのに、洟が出ないことを不思議に思いながら、三江子はつぶやいた。

「よし。では私が作ってさしあげよう。キッチン花で、ご主人の誕生日会をやりなさい」

突然、半下石先生が膝を打った。

「え？　ここで？」

「そう。私はここのシェフだ。篠崎さん、今夜はなにを作ろうと思っていたんだい？」

面食らいながらも、三江子はメニューを告げる。なぜ医者が病院でコックさんをしているのかわからないが、これはもしかしたら、天の配剤かもしれない。

「それから、きな粉餅もお願いします」

「あとは餅、と。よし、意外と簡単なものばかりだ。ではご主人をここへ呼び出しなさい」

三江子は携帯電話で、再び自宅に電話をかけた。この年になると、周囲のスピードについていけないことが多いけれど、今回はスピードの問題ではない気がする。

昭太郎がさっきと同じ経過で、電話に出た。

「お前、いつ帰って来るんだ」

ようやく、三江子の帰宅が遅いと思ってくれたらしい。

「その前にね、今から星空病院に来てくれないかしら」

「迎えに来いと言うのか。嫌だよ。面倒くさい。もう車もないし」

「どうしてもあなたに来てほしいの。お願い」

「鼻血は止まったんだろう？　タクシーで帰って来ればいいじゃないか」

「もう。どうすれば、来てくれるの？」

「どうすればって……そうだな。お前が迎えに来てくれれば、行ってもいいよ」

「まあ、なんて意地悪な。先生、迎えが来ないと病院には行かないと言ってます」

携帯電話から耳を離し、三江子はすがるように訴えた。昭太郎の不精さにはまったくもって、あきれてしまう。

「よし、わかった。篠崎さん、すぐ迎えをやると言いたまえ」

半下石先生は言うなり、大きな窓を開けて叫び始めた。

「綿さーん。おーい、綿さん！　ちょっとひとっ走り、こちらの篠崎さんのご主人を、君の車で迎えに行ってくれないか！」

窓の外、屋上にいるらしい人に、先生は叫んでいる。相手は男性のようだが、彼の返事は聞こえない。

「今日は食材の買い出しがない分、楽チンじゃないかー。……そう言わずにさあー。傘寿のご夫婦の危機なんだよー。……頼むよー。頼む！」

かくして綿さん、本名・綿貫国男の運転する白い車で、三江子は板橋区志村の自宅に向かった。病院の正面玄関でピックアップしてもらい、三江子は後部座席に、山村は助手席に身体を落ち着けた。

「山村先生、どうもありがとう。先生がついて来てくれるから、私、心丈夫だわ」

山村は振り返らず、「半下石先生が強引で……」と、小さくつぶやく。

「綿貫さん、お世話かけますね」

「……いいえ」

やや不愛想な綿さんは作業着姿だ。仕事を中断させての送迎に、三江子は再び恐縮する。しかし幸いなことに綿さんはイラつくことなく、二十分ほどの安全運転で、無事自宅まで連れて行ってくれた。

昭太郎が五十五歳になったとき購入した、小さな一戸建てだ。家の前の道路から、がらんとした駐車場を少し歩けば、玄関ドアに行き当たる。自家用車を手離したはいいが、空いたスペースはまだ有効活用できていない。

三江子は車から降りようとしたが、どれがドアハンドルなのか判別がつかなかった。これかとボタンを押すと、窓が開いた。止めようともたもたしていると、山村が「僕が呼んできます」と言ってくれた。

「ちょっと待って。チャイムでは出て来ないかもしれないわ」

とっさに三江子は、家の鍵を山村に託した。彼はためらうことなく鍵を受け取り、颯爽と車をとび出して行った。

やがて昭太郎がフラフラと玄関から出て来るのが見えた。突然白衣の男に玄関から押し入られ、驚いたさまが見てとれる。三江子はこみ上がる笑いを、かろうじて抑えた。

綿さんがルームミラーを見て「車が」と小さくつぶやいた。狭い生活道路、うしろでトラックが待ってくれていた。

「あなた！　早く乗ってちょうだい！」

三江子は車窓から、あらん限りの声で叫んだ。昭太郎はもつれる足で、車の後部座席に転がるように乗りこんで来る。慌てたのか、手にはテレビのリモコンが握られている。なんだかワクワクしてきた。山村が無事助手席に乗ったところで、三江子は大きくかけ声をかけた。

「いざ、出発進行！」

綿さんが「はい」と覇気のない返事をし、サイドブレーキを下ろした。

車は見慣れたご近所をひた走る。ここはタイヤをキイキイいわせて、とばしてほしいところだが、贅沢は言うまい。実際交通事故に遭っては困る。

「なんだか、ハリウッド映画のワンシーンのようねえ」

「どういう意味ですか？」

ひとり悦に入る三江子に、山村がルームミラー越しに質問してきた。

「ヒーローが乗りもので駆けつけて、絶体絶命のヒロインを危機一髪で救うシーンがあるじゃないの。『早く乗れ！』と言ったりして」

そうだ。私の人生、いつもこんな風だった。覚悟していたつもりでも、いざ転勤を告げられるとうろたえた。強引に車に乗せられ、バタバタといろんな町に連れて行かれた。

大阪。福岡。仙台。静岡。弘前。そして東京。

移住前は憂鬱になっても、住めば都で楽しかった。それまで見たことのない風景を見て、いろんな人と出会い、ご当地名物もいっぱい食べた。おっとりと、あまり変化を好まない自分は、昭太郎と結婚していなければ経験できなかっただろう。確かにお勤めはできなかったけれど、私は自分の人生に満足している。

今度は自分が、昭太郎を連れ出す番ではないだろうか。家の中で老けこまないよう、あちこちへ連れ出してやろうではないか。そうしてふたり死んでから、「いい夫婦だった」とみんなに言われるよう、仲良く旅へと繰り出そう。

「さあ、誕生日会の会場、キッチン花へまいりましょう！」

まだ息を切らし、昭太郎はあっけにとられたような目を古女房に向けている。

「まあ、素敵」

キッチン花は会議室のような部屋で、間接照明のおかげで、街のレストランと遜色がない。壁際に花や観葉植物の鉢が並び、大きな窓につながるように、ガラス張りの温室がある。温室内は緑で埋めつくされ、患者の憩いの場であろうことがうかがえた。

円テーブルが二台置かれていた。そのうちの一台の中央に、花びらを赤く縁取ったような、白いカーネーションがガラス花瓶に活けられている。

「お腹が空いたわ。よく考えたら、お昼を食べていないのよ、私」

テーブルに着いた三江子は、大きな声でつぶやいた。夕暮れが窓の外に迫っていた。

「どうしてこんなところで、誕生日祝いをするんだ?」

昭太郎は落ち着かない様子であたりを見回し、「お前、袖に血がついてるぞ」と、今さらのように驚いている。三江子から少し離れて座らされた山村は、「やっぱり僕は遠慮した方が」と、まだ言っている。

「山村先生、どうか一緒にお祝いしてちょうだい。ここまで寄り添ったんだから、最後まで私と一緒にいるべきよ」

「……」

「お待たせいたしました」

ややあって出入り口のドアが開き、白いエプロンを着けた半下石先生が、大きなお盆に料理を載せて運んで来た。続いて綿さんが、やはりお盆を抱えて現れる。

「まあ、おいしそう」

卓上に次々と並べられた料理に、三江子は感嘆の声をあげた。

船場汁。辛子明太子と白飯。牛タンの塩焼き。豆腐の田楽。もずくの天ぷら。水菜とお揚げの煮びたし。卵のサンドイッチ。そして、リクエストはしていなかったのに、誕生日ケーキが準備されていた。

「ケーキは洋菓子店に届けさせた。レストランというのに、手製でなくて申しわけない。なにぶん時間がなかったものでね」

白いクリームで覆われたイチゴのホールケーキには、アラビア数字の「8」と「0」をかたどったろうそくが二本、立てられている。

「いいえ。十分ですわ、先生」

「お前、こんなこと医者に頼んだのか？」

「名誉院長先生、いえ、キッチン花のコックさんの、特別なお計らいよ」

三江子は先生の気遣いに感激した。昭太郎はまだ事態が飲みこめないようだ。

「老いては子に従えというけれど、たまには周りに従ってみるのもいいんじゃない？」

部屋の電灯が消されると、ほとんど陽が落ちていることがわかる。ろうそくの火に浮かび上がる老夫の顔。どこかかわいげがあるから、不思議なものだ。

「ハッピーバースデーを歌いましょう」

三江子の音頭で、昭太郎以外の全員が「ハッピーバースデー」を唱和した。低い声ばかりの少し不気味な祝歌だが、実に楽しい。こんな風に歌うのは子供たちが中学生、いや小学生のとき以来かもしれない。

「ご主人。さあ、ろうそくの火を消してくれたまえ」

初対面の医者に偉そうに言われたのに、昭太郎は怒りもせず、言われた通りにする。夫もこの雰囲気に取りこまれつつあるのだろう。

まばらな拍手が起こり、再び部屋が明るくなった。昭太郎は気恥ずかしそうだ。

主役のリクエスト、サッポロビールで乾杯をすると、傘寿の晩餐が始まった。

山村はもうテーブルから去ることは、考えていないらしい。それどころか興味深げに、料理を見比べている。

「先生も綿さんも、どうぞご一緒に」

「いや。我々は客とは一線を画すと決めている。気にせず、やってくれたまえ」

三江子の誘いをきっぱりと断り、客を見守るというより見物とばかりに、半下石先生はテーブルから少し離れたところに椅子を置いて腰かけた。綿さんはいつの間にか、部屋から消えている。

「そうですか。ではちょっと気が引けますけれど、いただきましょう」

三江子が発すると、昭太郎はおもむろに卵サンドを手に取った。

「うまそうだな」

刻みゆで卵をマヨネーズで和(あ)えた卵サンドは、最初のデートでお昼に食べたものだ。

映画を観(み)たあと、なぜか堺(さかい)の街中をぶらぶらした。もう昼食の時間、話題は食べものへと移り、卵焼きを食パンにはさんだ大阪風の卵サンドでなく、ゆで卵のサンドイッチを食べることにした。しかし、行けども行けども、なぜかゆで卵サンドを出す店が見つからない。足はくたびれ、正直三江子は「食べられれば、なんでもいい」という心境になった。しかし昭太郎は意地になり、しつこく探し続けた。午後三時近くに、やっとゆで卵サンドを食べさせる店を見つけたときは、ふたりで快哉(かいさい)をあげてしまった。

「あの卵サンドは、うまかったなあ」

「あなた、卵焼きのはさまったのが嫌いだったんでしょ?　いかにも私のために、探しているように言ってたけれど」

「違うよ。お前が絶対ゆで卵じゃないと嫌だと、言ったからだよ」

老夫婦は卵サンドをパクつきながら、お互いのせいにする。空腹だったこともあるけれど、ほんのりマスタードの風味にマヨネーズがからまった、あのときのサンドイッチは怖いくらいおいしかった。おかわりしたい気持ちを抑え、オレンジジュースを飲んだことは、昨日のことのように思い出せる。

「これはなかなか、上品だな」

「あなた、焼きサバしか受けつけなかったのに、これで煮サバも好きになったのよね」

半下石先生作の船場汁は、三江子が作るのより丁寧な感じだ。にんじん、大根、ごぼうがきれいに切りそろえられ、みずみずしい極細小口ネギが天盛りされている。

新婚時代。ある冬の日。銭湯に行った帰り道、大阪の下町食堂で食べた船場汁の透明なだし。あっさりしているのにコクがあり、程よく煮こまれた塩サバは、サバ好き京都人の三江子も驚くほどのうまさだった。

「お前が牛タンを初めて食べたのは、仙台だったな」

昭太郎は満足そうに牛タンを食み、ビールをグビリとやった。

「そうよ。それまで牛肉は、バラとモモしか食べたことなかったもの」

仙台の店で、牛タンの塩焼きを初めて食べたときの衝撃も忘れられない。炎に炙られた塩と胡椒のかかった、やわらかい牛タン。脂肪らしいものは見えないのに脂が溶け出し、ご飯がいくらでも食べられた。

「あなた、仙台で由美が足をケガした日、夕飯が牛タンだったの憶えてる?」

「え、そうだったっけ?」

「そうよ。私、目の前のフライパンのお肉が、涙でにじんでいた光景を憶えてるもの」

「なんで、泣いたんだい?」

「なに言ってるの。あなた、私のこと、めちゃめちゃに叱ったじゃないの」

「さっきも電話でそう言ってたけど、俺は怒ったりしてないぞ。由美が無事でよかった、よく自転車で八キロも離れた病院に行ったなと、驚いただけだと思うけど」

昭太郎はとぼけているのか、本当に憶えていないのか。

長年夫婦をやっていると、昔の記憶が一致しないことがままある。自分に都合よく記憶を変換させたり、逆に嫌な部分は削ってしまったりするからだろう。

「豆腐の田楽は、静岡の名産なんですか？」

黙々と食べていた山村が、急に思いついたようにたずねてきた。

「明太子や船場汁、牛タン。全部赴任された町の特産だとわかりますが、この田楽だけが、当てはまりません」

「お豆腐の田楽はね、静岡にいたころ、この人の上司の奥さんに教えてもらったの」

強面（こわもて）の上司と聞かされた三江子は、とても緊張しながら家を訪ねた。確かに一見そういうタイプだったが、実は大変な子供好きで、娘たちをたいそうかわいがってくれた。当時静香は新しい学校になじめていなかったので、三江子はとても救われた気がした。

彼の奥さんは気さくで、料理も上手だった。そのとき供された田楽の味噌だれに三江子は感激し、レシピを聞き出した。ずっと昭太郎は興味を示していなかったけれど、齢（よわい）七十を迎えたころからうまいと言い始め、今では好むようになったのだ。

「八丁味噌が本当においしかったのよ」

「それならそうと、先に言ってくれればよかったのに。白味噌でこしらえてしまった」

三江子の言葉に、半下石先生は残念そうに口をはさんだ。

「いやいや。この白味噌と木の芽は、大変オツな味ですよ」

少し酔ったか、本当に満足しているのか。昭太郎がフォローするように言う。

「それはなにより。さ、お次もビールでいきますか。それともお酒にされますか？」

「では、ぬる燗をひとつ」

昭太郎はすっかり興に乗ったようだ。若い時分に比べると、酒量も減り、飲んでも缶ビール一本か、日本酒一合くらいでしかないのに。

「いつも天つゆで食べるけど、抹茶塩だと、磯の香りが際立つね」

もずくの天ぷらを食み、昭太郎がつぶやく。自宅ではなかなか、抹茶塩など準備できない。

「弘前は海の幸がおいしかったわね。海から離れているのに、珍しい魚介類がいっぱいスーパーにあって、本当に目移りした。聞いたことのない海藻もたくさんあって」

「サメを食べるのには驚いたね。意外と淡泊でうまかった」

「サメの肝和えを、お向かいの奥さんがお祭りに作ってきたことがあったじゃない？　あの奥さん、雪よけのやり方が違うとか、落ち葉の掃除をしろとか、うるさい人だったけれど、料理をほめたら急になにも言わなくなったのよ」

「あそこの旦那は、ずっとうるさかったよ。平日の夜七時に、毎月集会に参加させられたのにはまいった」

三江子と昭太郎は、大間（おおま）産のもずくに魅了されたことはそっちのけで語り合う。老夫婦にとって思い出話は、最高のごちそうだ。

誕生日ディナーにしては少々華やぎに欠けるけれど、どれも昭太郎の好物ばかり。久しぶりに口にしたビールも手伝い、三江子の心はほっこりした。

「さっきからおいしい、おいしいって言ってますけれど、味はわかるんですか？」

会話が途切れたのを機に、山村が質問してきた。それは医者として当然の疑問だろう。

「全然わからないわ」

「え、お前、味がわからないのか？」

微笑んで応えた三江子を、昭太郎が驚いたように見つめた。

「鼻に詰めものをされているから、においがわからなくて味もしないの。でもおいしいのよ。心の舌で感じているから」

自分の作るものとは味つけが違うだろう。けれど三江子の脳裏には、それぞれの味わいがちゃんとわかるのだ。

「あなたがおいしいと思ってくれれば、私もおいしい」

昭太郎は急に目をしょぼつかせ、手にしていた猪口（ちょこ）をテーブルに置いた。山村は瞬（まばた）きもせず、三江子を凝視している。

「私、あなたについて来て、本当に幸せだったわ」

「お前、もうすぐ死ぬようなこと言うな。縁起でもない」

突然の老妻の告白に照れたか、昭太郎が怒ったように言った。三江子は思わず、ほくそ笑む。たまにはこうして、亭主の中にある自分の存在の重さを感じるのも悪くない。

きな粉餅を携えた綿さんが、部屋に入って来た。三江子の頭に浮かんだ両親の姿は、とても若々しい。

「ちょっと待っててください」

突然山村が立ち上がり、部屋から出て行った。やはり仕事を放り出せないと思ったか。きな粉餅をゆっくりと味わっていると、山村が一枚の紙を手に戻って来た。

「甲状腺の検査結果が出ました。ホルモン値は問題ありませんから安心してください。ガンかどうかは……ああっ、腫瘍(しゅよう)マーカーも取っとけばよかった」

息を切らして説明する新米医者を、三江子と昭太郎は驚いて見つめた。手にしている紙は、昼間の血液検査結果が印刷されたものだ。

「検査の結果は、明日出るんじゃなかったの？」

「早く知らせてあげたくなって、印刷してきました」

山村は真顔で応えた。半下石先生が満足げにうなずいている。

「これだけでガンじゃないとは言えませんが……いや、でも大丈夫だと思います」

「ありがとう、山村先生。先生のその気持ちが、私のガンをやっつけてくれたと思うわ」

まだ断言をためらう山村に、三江子は言ってやった。

医者の説明手法は理解している。こっちだってバカじゃない。本当にガンだったとき、

「だまされた、どうしてくれる」と言うつもりもない。患者に明日の希望を持たせてくれる言葉がほしいだけだ。

「ありがとう、先生。私は自分でガンを吹き飛ばしてみせるから。ねえ、半下石先生」

「お前、ガンの疑いがあるのか？」

会話に置いてけぼりをくっていた昭太郎に、「いいえ、私は治ったの」と言い、水菜とお揚げの煮びたしをパクリと食べる。これは昭太郎が三江子の家に初めてあいさつに訪れた際、集中して食べていた料理だ。結婚後に好物なのかとたずね、「肉や魚ばかり食べると、図々(ずうずう)しい男だと思われそうだから」と聞いたとき、この人と結婚してよかったと、三江子はしみじみ思ったものだった。

山村が急に、ぽつりと言った。

「僕が医者になれば、親は離婚しないでくれるかなあって、期待もあったんですよね」

一瞬なんのことかわからなかった。しかし、すぐに三江子は思い出す。山村の両親が不仲であることを。

「僕は子供のころからデキが悪かったんです。それを両親は、お前の教育が悪いだの、あなたに似ただのと言い争ってました。だから医者になったら、けんかしなくなると思ったんです」

そんなことをつぶやき、山村は半下石先生の方を振り向いた。

「僕、明日、辞表を出すのはやめます」

「医者というものはね。人の生き死にという点に関わるのでなく、人生という線に関わった方が、断然おもしろいんだよ」

半下石先生が威厳ある声で語ると、山村先生は老夫婦が食べ切れなかった料理を、猛烈な勢いで片づけ始めた。まるで明日からの活力をここで養おうとでもいうようだ。

自分はどうやら、ひとりの新米医師を助けたらしい。これはあとで昭太郎に自慢せねばなるまい。「根拠のない自信家」などと、二度と評されることはないだろう。

ひとり悦に入る三江子に、昭太郎がそっと耳打ちしてきた。

「お前、明日の晩は、今日と同じ献立にしてくれ」

「まあ、どうして？」

「やっぱり、お前が作った料理が食べたい」

言ったはいいが、照れくさくなったのか、昭太郎は脈絡なく上着のポケットをまさぐった。そしてうちのテレビのリモコンが入っていたことに、ぎょっとしている。

すっかりもうろくしてしまったけれど、かわいげのある古亭主。ガンではないと自分自身に言い聞かせ、三江子は大きくうなずいた。

本書は、書き下ろし小説です。

ハルキ文庫

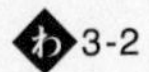

遠足はたまごサンド　星空病院 キッチン花

著者　渡辺淳子

2021年2月18日第一刷発行

発行者　角川春樹

発行所　株式会社角川春樹事務所
〒102-0074 東京都千代田区九段南2-1-30 イタリア文化会館

電話　03(3263)5247(編集)
03(3263)5881(営業)

印刷・製本　中央精版印刷株式会社

フォーマット・デザイン　芦澤泰偉
表紙イラストレーション　門坂 流

ISBN978-4-7584-4393-7 C0193 ©2021 Watanabe Junko Printed in Japan
http://www.kadokawaharuki.co.jp/[営業]
fanmail@kadokawaharuki.co.jp[編集]　ご意見・ご感想をお寄せください。